忌み子と呼ばれた召喚士 3

The Summoner
Who was Despised as
'Shunned Child'

Author
緑黄色野菜

Illustrator
こよいみつき

TOブックス

Illust：こよいみつき
Design：BEE-PEE

The Summoner
Who was Despised as 'Shunned Child'

Contents

人物紹介

精霊の里の者達

People in the spirit village

ヴィルム

黒髪黒目の忌み子の青年。捨て子だったが、精霊達に拾われ里を護る立派な召喚士となる。家族や仲間には激甘だが、敵には容赦の欠片もない冷淡さを見せる。

ヒノリ

姉の一人でありヴィルムと「誓約」を結ぶ火の精霊獣。普段は明るく、飄々《ひょうひょう》としている女性。しかし、怒らせると非常に怖い。

フーミル

自称妹でヴィルムと「誓約」を結ぶ風の精霊獣。鋭い嗅覚を持つ故なのか、重度の匂いフェチ（兄であるヴィルム限定）。

ラディア

姉の一人でありヴィルムと「誓約」を結ぶ土の精霊獣。色気と豪快さを合わせ持った、まさに姉御。胸の小ささがコンプレックス。

※誓約……互いにメリットのある「契約」と異なり、精霊が相手に全ての権限を委ねる契り。

パーティーメンバー

Party member

ミゼリオ

メルディナのパートナーであり水の上級精霊。極度の負けず嫌いである。

クーナリア

牛人族の気弱な少女。ヴィルムに弟子入りしてから胸も実力も成長中。身長が低い事がコンプレックス。

メルディナ

エルフの精霊魔術士。一般のエルフとは違い、好奇心旺盛な性格。クーナリアとは親友。

???

Unknown

ユリウス

黒髪黒目の忌み子の青年。自分と互角以上の実力を持つヴィルムに強い興味を持っている。

ヨミ

ユリウスに懐いている精霊獣。幼い容姿で無邪気だが、かなり強い。

【01】戦いが終わって

深い、深い森の中。

日光が届いている為、暗いという事はないのだが、不思議と陰鬱《いんうつ》とした印象を抱いてしまう。

そんな森の中、視界を覆う程の巨木を見上げるように、エルフの少女が立っていた。

(あぁ、またいつもの夢か)

エルフの少女——メルディナは、自身が置かれた状況を察して辟易《へきえき》してしまう。

不定期ではあれど、故郷を旅立ったその日から幾度となく見続けてきた夢。

明晰夢《めいせきむ》——今、自分が立っている場所が夢の中だと自覚していながらも、自分の行動を制御する事が出来ない。

そして目を覚ましたいと思いながらも、この夢からは逃れられない事もわかっている。

頭の中で溜め息を吐きながらいつものように視線を移すと、そこには幾人ものエルフ達がメルディナを取り囲むように立っていた。

「*****。****、*****?」

「***、*****?」

「*****、*****」

何を言っているのかはわからないが、エルフ達の表情から推測するに、メルディナを責め立てている訳ではなさそうだ。

むしろ、彼らはメルディナを心配するような目をしており、何とか説得しようと試みているといった感じである。

その中の一人、エルフの男性が歩み出て、メルディナに触れようとするが——、

(触らないで！　私は、貴方達の道具じゃない！)

彼女は嫌悪感を隠そうともせず、彼の手を振り払った。

その瞬間、メルディナの意識は白い世界へと引っ張られていく——。

＊　＊　＊　＊　＊　＊　＊　＊　＊　＊　＊　＊　＊　＊

目を覚ましたメルディナの視界に飛び込んできたのは、気持ち良さそうに寝息を立てる親友、クーナリアの姿。

視線を動かして周囲を見てみると、どうやらヴィルムの部屋のようだ。

(ミオがいないわね。どこに行ったのかしら？)

相棒《ミゼリオ》の姿を探して起きようと身体を捩《よじ》るメルディナだったが、気のせいだろうか、いつもよりも身体が重いような、気だるいような感じに思わず眉を顰《ひそ》める。

「良かった。目が覚めたみたいだな」

たかが起き上がるだけの事に少々手こずっていたメルディナが、聞き慣れているはずだがどこか

違和感を覚える声がした方向に視線を向けると、綺麗な水が入った桶《おけ》と手拭いを持ったヴィルムが立っていた。

持ってきた物をテーブルの上に置いたヴィルムは、ベッドの横に椅子を持ってきて腰掛ける。

「んぅ？　ふぁ～……むゆむゆ。あ、お師様、おはようございます」

「あぁ、おはよう」

その物音で目を覚ますクーナリア。

まだ眠たいのか、瞼《まぶた》を擦《こす》って抗ってはいるが、頭がフラフラと不安定に揺れ動いている。

そんな彼女の様子を見て小さく笑ったヴィルムは、持ってきた手拭いを水に濡らし、軽く絞って手渡した。

「二人共、どこか痛む所はないか？」

「う～ん……痛くはないけど、ちょっと身体がだるいわね」

「あ、私もです。妙に動きづらいというか、身体が言う事を聞いてくれないというか……」

ヴィルムの質問に、腕を揉みほぐすメルディナと顔を拭いて完全に覚醒《かくせい》したクーナリアが少し困ったような表情で答える。

「それは仕方ないよ。二人共、三日間も眠り続けていたんだから」

「三日も？　何で――ッ⁉」

その瞬間、気を失う前の出来事を思い出したのであろうメルディナとクーナリアは、動きづらい身体を気にも留めずにヴィルムへと迫った。

「ラスタベル軍は⁉　精霊様達は無事だったの⁉　ミオの姿も見えないんだけど……まさかっ⁉」

「ハイシェラちゃんも酷い怪我で……大丈夫なんですか⁉」

二人の表情は必死そのもので、如何《いか》にハイシェラや精霊達を心配していたかがわかる。

普段の冷静さがあれば、家族や仲間を大切に想うヴィルムがこの場にいる意味に気付けそうなものだが。

「安心して。全部、片付いたよ」

その言葉を聞いてから数瞬、理解に至った二人は極度の安心感からか、へなへなとベッドの上に座り込んでしまう。

そんな二人を見たヴィルムは椅子から立ち上がると、ゆっくり、深々と、頭を下げた。

「メル、クーナ、皆を守ってくれて、本当にありがとう。二人のおかげで、シィ姉さん達を助ける事も、侵略者達を倒す事も出来たんだ。里の一員として、礼を言わせてほしい」

「え？　いや、そんな……」

「お、お師様？　あ、頭を上げて下さい」

それなりに長い間、ヴィルムと旅をしてきた二人だが、彼がここまで感謝の意を表した所は見た事がない。

故にどう反応していいのかがわからず、慌ててしまう二人だったが、ふと、メルディナが小さな違和感に気が付く。

「あれ？　ヴィル、もしかして今、メルって呼んだ？」

「そう言えば、私の事も、クーナって呼んだです？」

これまでにヴィルムから愛称で呼ばれる事のなかった二人は、驚きと困惑を隠せず、その顔を凝視している。

実際には奴隷《どれい》軍との戦闘時、助けに入った時にも呼んでいたのだが、意識が朦朧《もうろう》としていた二人はそれを覚えていなかったらしい。

「あー……嫌、だったか？」

二人の表情から、その反応を否定的なものと捉えてしまったヴィルムは、指で頬を掻《か》きながら少し悲しそうな顔になった。

「い、嫌じゃないのよ？　今までそんな風に呼ばれた事がなかったから、ちょっと驚いちゃっただけ」

「そ、そうですよ！　お師様ならどんな呼び方でも嫌なんて事はありません！」

「なら、良かったよ」

二人が嫌がっていない事を伝えた途端、先程までとは打って変わり穏やかな笑顔を浮かべるヴィルム。

それは今まで自分達に向けられていたものとは明らかに違い、彼の家族にしか向けられる事のなかった表情。

あまりの動揺から言葉を失ってしまったメルディナとクーナリアは、結果的にヴィルムと見つめ合う事となった。

『お、目が覚めたみたいね』

そんな状況の中、彼女達に声を掛けたのは、部屋の入り口から顔を覗かせたヒノリだった。

彼女の声に反応して振り向いた二人の顔は、少々赤いように思える。

『あら、メルちゃんもクーちゃんも顔が赤いわよ？　熱でも……はは～ん？』

心配そうに近付いてきたヒノリだったが、ベッドの側まで来るとその表情は一変し、悪戯《いたずら》を企《たくら》む子供のような笑みへと変わる。

『さては、ヴィルムに惚れちゃったな？』

「なっ⁉　か、勘違いですヒノリ様！　ちょっとヴィルの笑顔が珍しいなって思ってただけですから！」

「あわわ⁉　ヒノリ様、何て事を言うんですか⁉」

事実、ヴィルムの笑顔に目を奪われていた二人は、あながち的外れでもないヒノリの指摘に、ほんのり赤かった頬を真っ赤に染めながら慌て始めた。

その様子に溜め息を吐《つ》いたヴィルムは、彼女達の反応に味を占めてからかい続けるヒノリの背後に歩み寄ると――、

『あたっ⁉』

軽い手刀を以って止めに入った。

普段であれば、余程の事でもない限り家族のやりたいようにやらせるヴィルムにしては珍しい対応である。

「ヒノリ姉さん、二人が困ってるだろ？　まだ病み上がりなんだから、あんまりからかわないの」

『だからってチョップは酷いんじゃない⁉』

頭を押さえて振り向いたヒノリが、自分の弟がとった予想外の行動に驚きを露《あら》わにして抗議するが、当の本人は呆れた表情のまま変化は見られない。

「それよりも、何か用事があって来たんじゃないの？」

『あー、そうだったそうだった』

本気で文句を言っていた訳でもないヒノリは、ヴィルムの指摘が入ると同時に思考と表情を切り替えて話し始める。

『ディゼネール皇と明日の朝に会談する事が決まったわ。里の代表として、ヴィルム、私、ディア姉、フーちゃんが出向く事になったから、報せにきたのよ』

「わかったよ。でも、奴隷軍の中にディゼネール皇がいたのは意外だったね」

『使い潰すつもりだったんでしょうね。幸か不幸か、奴隷にされていた時の記憶はあるみたいだから、事実関係を確認する手間は省けそうよ』

森の東側から攻め入ってきた奴隷軍は、ディゼネール魔皇国の兵士達で編成されていた。

その中には魔皇であるジオルド＝ディゼネールを始め、ディゼネール魔皇国の中枢人物達の存在が確認されたらしい。

ラスタベル軍が支配下に置いたディゼネール皇達をどうしようとしたのかは、想像するに難くはないだろう。

『メルとクーナが起きたって本当⁉』

『メルディナ、大丈夫⁉』

『クーちゃん、どこも痛くない⁉』

勢いよく扉を突っ切って入ってきたのは、ミゼリオと東方戦線にいた精霊達だった。

彼女達はメルディナとクーナリアの身体にペタペタと触れ、その無事を確認している。

特にミゼリオの反応は顕著《けんちょ》で、メルディナの顔にすがり付きながら大きな声をあげて泣いていた。

真正面から抱き付かれたメルディナが少し苦しそうだが、それを指摘するのは野暮というものだろう。

しばらくの間、彼女達のやりとりを微笑ましく見守っていたヴィルムとヒノリは、明日の会談の準備をするべく部屋を後にするのであった。

【02】同盟（前編）

翌朝、会談の場――魔霧《まぎり》の森東部にある草原は騒然としていた。

落ち着かない様子で近くにいる者と話しているのは、ラスタベル軍に支配されていた元奴隷軍の面々、ディゼネール魔皇国の兵士達だ。

明らかに動揺を隠せないでいる相手側に対し、ヴィルムの態度は堂々たるもので、ディゼネール皇であるジオルドと対峙《たいじ》している今も眉毛のひとつすら動かさない。

（降伏したとはいえ、魔族《われわれ》の軍を前にしても動揺の欠片すら見せんか）

そんなヴィルムの姿を見たジオルドは、素直に感心していた。

魔族特有の病的なまでに青白い肌、背中まで届く青紫色の長髪、サファイアブルーの瞳は鋭い眼光を放ち、身に付けている防具こそ周囲の兵士達と同じではあるが、その雰囲気は一線を画している。

（尤《もっと》も――）

ジオルドの視線が、近衛騎士のようにヴィルムの側に控える三人の人物に注がれた。

（あれ程までの戦闘力に加え、これ程までに圧倒的な威圧感を放つ者達に囲まれているのであれば我々に動揺しないのも頷ける。それにしても、伝説上でしか知られていない精霊獣にこうして相見《あいまみ》える事が出来るとは……長生きはしてみるものよ）

そこには黒目黒髪の忌み子とされるヴィルムに付き従うように侍《はべ》っているヒノリとラディア、そしてフーミルの姿。

ディゼネールの兵士達がざわめくのも無理はない……ヒノリの存在を知っていたシャザールでさえも、あまりの事態に絶句している有り様なのだから。

「さて、自己紹介もまだであったな。我はディゼネール魔皇国の皇、ジオルド＝ディゼネールだ。此度《こたび》は我らをラスタベル軍から解放して頂いた事、心より感謝する」

「受け取ろう。精霊女王サティア＝サーヴァンティルの息子、ヴィルム＝サーヴァンティルだ。今回は我らが女王の代理としてこの場に来ている」

最早、隠す必要がなくなった事実を暴露した事で、周辺のざわめきが一層強くなる。

やはりと言うべきか、人間であるヴィルムが精霊の女王たる地位にある者の子であるという事は安易に信じられるものではないらしく、多くの者から疑いの目を向けられているようだ。

そこに、場の雰囲気を察したヒノリ達が進み出た。

『疑っている者がほとんどのようだが、これは事実だ。ヴィルムは紛れもなく我らが母の息子であり、また我らの兄弟でもある』

『儂《わし》らの言葉を聞いてなお、納得出来ぬ者は名乗り出るがよい。家族である事を疑われるなど、侮辱以外の何物でもないからのぉ？』

『皆、疑っちゃ、ダメ』

三姉妹の言葉に込められた圧力が、兵士達を強制的に黙らせる。

強国と謳《うた》われるだけはあり、全ての者達がその圧倒的な実力差を感じ取っているようだ。

周囲が静かになると、三姉妹は再びヴィルムの後ろに控えるように下がった。

「シャザール。貴方に嘘を吐いていた事をこの場を以って謝罪する。後日、ファーレンやヒュマニオン王国の皆にも謝罪と真実を告げに行かせてもらうよ」

「い、いえ、御里の場所を秘匿《ひとく》する為というのならば仕方のない事でしょう。しかし、ヴィルムくんの育った場所が精霊様の御里だという事にも驚きましたが、ヒノリ様以外にも精霊獣様がいらっしゃったとは――」

ヴィルムの謝罪を受けたシャザールは、多すぎる情報に混乱しながらも何とか自分を保っていた。

これがもし彼以外であったならば、大いに取り乱していた者がほとんどだったに違いない。

「その辺については後で説明する。まずはこちらが考えている今後の方針とそちらへの要求を伝えたいんだが」

「そうですね、失礼しました。ヴィルムくんの言う通り、その話を優先させるべきですね」

「うむ。しかし、迷惑をかけた上に助けられたこちらとしては、あまりに非道なものでない限り、そちらの要求は全て飲むつもりだぞ？」

ラスタベル軍と同じく、侵略者として皆殺しにあっていてもおかしくない所を救われた事に恩義を感じているジオルドは、ほぼ無条件で要求を受け入れる覚悟があるようだ。

その目を直視していたヴィルムは、彼の言葉に嘘偽りがないと感じたらしく、僅《わず》かに口角を上げるとサティア達と決めた案を切り出した。

「そうか。なら、貴方達にはまず、精霊《おれたち》の里の存在を大々的に公表してもらいたい」

「なっ⁉」

「はっ⁉」

予想外の提案に絶句するジオルドとシャザール。

一旦は静かになった兵士達も、驚きのあまり再び騒ぎ始める。

「ヴィルムくん、それは止めておいた方がいい。我々にとって精霊様の御力は強大なもの。どんな手段を使っても手に入れようとする者はいくらでもいるんだ」

「シャザール殿の言う通りだ。精霊達の集落がある事実が知れ渡れば、強行手段に出る冒険者やラスタベルのような国々が出てきてもおかしくはない」

外界に住む者の心理をよく知るジオルドとシャザールが慌てて止めようとするが、そもそも、それはヴィルム達も十二分にわかっている事である。

「二人が精霊達こちらを心配してくれるのはありがたいが、今回の件で里の存在を知る者が増えすぎた。最早、隠し通せる域を越えてるんだよ。ロザリアやラーゼンも取り逃がしてしまったしな。今更、どんなに箝口令《かんこうれい》を敷こうが噂は流れる」

「そ、それは……」

「いや、しかし……」

弱々しくも反論しようとするシャザールとジオルドだったが、人の欲を知るが故に口を噤《つぐ》んでしまった。

たとえ厳罰を科したとしても、僅かな金銭の為に情報を漏らす者は必ず出てくるだろう。

「そうなれば、噂の真偽は問わず、精霊の力を求める馬鹿は必ず現れる。悪いが、俺達はそこまで外界の者達を信用していない」

「ですが、それは精霊様の御里の存在を公表しても同じ事になるのではないですか？　いえ、むしろ力を求める者が押し寄せる事態になりかねませんよ？」

「確かに、ただ精霊の里の存在を公表するだけではそうなるだろうな……そこで、だ」

シャザールが口にした当然の懸念に、ヴィルムはすでに予測しているとばかりに対抗策を口にする。

「精霊の里の存在を公表すると同時に、ディゼネール魔皇国と冒険者ギルドには精霊の里との同盟を宣言してもらいたい。領地として求めるのは魔霧の森全域。そして領土内への不可侵条約だ」

「……なるほど」

「そう、来ましたか」

つまりは、精霊の里を一国として認めろという事である。

一度、世間に〝国〟として認識されてしまえば、正式な手続きもなく足を踏み入れる事は不法入国と見なされる。

ラスタベル女帝国に敗北したとはいえ、強国と名高いディゼネール魔皇国が一国として認め、更には同盟を結ぶともなれば下手に手を出そうとする者は激減するだろう。

たとえ強行手段に及んだとしても、不可侵条約を正当な理由とし、情報の漏洩《ろうえい》や姿を見られる事も気にせずに迎撃出来るという利点もある。

「ですが、外界にとって魔霧の森は特殊素材の宝庫です。冒険者協会や他国がそう簡単に認めるとは思えません」

「それについても考えている。欲しい時に欲しい物をという訳にはいかないが、定期的に魔霧の森で採れる素材を市場に流す。ただし、これは精霊の里との同盟に加わった国にのみ、それも少量だ。だがそれでも、今流通している量を上回る事はあっても下回る事はない」

しばらくの間、外界で生活していたヴィルムは、魔霧の森で採れる素材がどれだけ稀少《きしょう》な物であるかを学んでいた。

ましてや、精霊の里がある深部で採れる素材ともなれば、各国が血眼になってまで求める代物である。

市場に流す量を少量としたのは、供給過多となった素材の価値を暴落させない為という事もあるが、魔霧の森における生態系に影響を及ぼさないようにという意味合いが強い。

「ノーリスクで稀少な素材が手に入る訳か。それならば協力する国も出てくるであろうな。冒険者協会も貴重な人材を無駄に失わずに済む……断る理由はない、か」

「そうなれば、名声を欲する冒険者達は他国からの反感を恐れて手を出しにくくなる。必然的に危険を犯してまで魔霧の森を探索しようとする者は減り、探索目的ではパーティを組む事すら難しくなる、という訳ですね」

最初は否定的だったジオルドとシャザールも、自分達の利だけではなく、その協力者に対する利と敵対者が動きづらい状況を作り出す事まで考えたヴィルムの話に、いつの間にか引き込まれていた。

「だが、この条件では遠からず精霊の里を下に見る国が現れるだろう。話だけを聞けば、精霊の里が我々に貢ぎ物をする事で庇護《ひご》を与えられたとも捉えられるからな」

「そうですね。やはり同盟とは別に、ディゼネール魔皇国が精霊の里と対等以上の関係であるという事を証明出来ると良いのですが……」

互いに向かい合いながら腕を組み、良い案がないものかと頭をひねる二人だったが、ふと、ジオルドの方が何かを思い付いたらしく、何度か頷く素振りを見せた後、ゆっくりと顔を上げた。

「うむ、うむ。そうか、これならば……よし、オーマ、こっちに来なさい」

その視線は、三人の会話を目を逸らす事なく聞いていた一人の少年に向けられた。

【03】同盟（後編）

「オーマ、こっちに来なさい」

「えっ？　は、はい……」

名前を呼ばれたオーマは突然の事に驚きながらも返事をしているが、彼の普段の言動からは想像出来ない程に暗い雰囲気を醸《かも》し出している。

操られていたとはいえ、尊敬《ヴィルム》する人の仲間を傷つけた事が負い目となっているのだろう。

「ヴィルム殿、我が愚息から話は聞いた。何でも短期間ながら稽古《けいこ》をつけてもらったとか。そのような恩義を受けておきながら、貴殿の仲間を傷つけてしまった事、愚息と共に謝罪する」

「ヴィルムさん。すみません、でした」

「……一応、謝罪は受け取っておこう。それで？　オーマがジオルドの子供だという事はわかったが、それが何の関係があるんだ？」

どうやらオーマはジオルドの子供――つまり皇子の立場だったらしい。

ジオルドに促されて頭を下げるオーマの姿は、年相応のように感じられる。

その姿を黙って見ていたヴィルムだったが、一度深い溜め息を吐くと、このタイミングで親子関係を明かしてきたジオルドにその真意を問い質《ただ》した。

「うむ。先にも言ったが、ヴィルム殿の同盟案をそのまま適用すれば、精霊の里を下に見る国が出てくるだろう。そこで、だ。ディゼネール魔皇国の皇子であるオーマを貴殿にお預けしたい。オーマは我の第十八子ではあるが、皇位継承権は第四位だ。我々ディゼネールが精霊の里を対等に見ていると他国に認識させるには十分だろう。無論、我々が裏切らぬ為の人質としての意味もあるがな」

「と、父さん⁉」

ジオルドがつい先程思い付いた事をオーマが知る訳もなく、急に身の振り方を決められた本人は明らかに動揺している。

「オーマ、お前の潜在能力は相当なものだ。今回の件でわかったが、お前はこの父を超える可能性を秘めている。人質と言われて複雑だろうが、ヴィルム殿ならばお前の潜在能力を引き出す事も出来るだろう。これは我々にとっても、ヴィルム殿達にとっても、そしてお前にとっても有益になる話だ。行ってくれるな？」

「……わかった」

気まずさと不安感からか、呟くようなか細い声で返事をするオーマ。

そのやりとりを見ていたヴィルムは二人の話が一区切りつくと同時に、俯《うつむ》くオーマへと声を掛けた。

「オーマ」

「は、はい」

短期間とはいえ、その圧倒的な実力に触れてきたオーマにとって、ヴィルムの呼び掛けは死神の囁《ささや》きにすら聞こえているかもしれない。

事実、それを証明するかのように彼の身体は小刻みに震え、元々青白い肌は更に色を失くしかけている。

「正直に言えば、俺はまだお前を許していない」

当然だろう。

洗脳されていたとはいえ、メルディナやクーナリア、ハイシェラを瀕死《ひんし》の状態にまで追い詰め、精霊達を捕らえる侵略者達に加担したのだ。

身内を何より大事にするヴィルムにとって、洗脳《そのような》されていた事は言い訳にすらならない。

「お前が生きているのはメルディナとクーナリアのおかげだ。あの時、二人の懇願《こんがん》がなかったら、そして万が一、二人の命が助かっていなかったら……今頃、お前はこの世に存在していなかったという事を自覚しろ」

「う……」

「む……」

ここで、ジオルドやオーマを含むディゼネールの面々は、自分達がとんでもない勘違いをしていた事に気付く。

ヴィルムの家族や仲間を傷つけられた怒りは、収まっている訳ではないという事に。

メルディナとクーナリアの懇願があったから、そして精霊家族を守る為の利用価値があるからこそ、自身の怒りを飲み込んでいるに過ぎないという事に。

オーマに向けて放たれた言葉は、ディゼネールの者達全てに当てはまる。

〝お前〟などと言ってはいるが、オーマだけに言っている訳ではない事は明白だろう。

「ジオルド殿の指摘は納得した。同盟の都合上、お前を預かる事にするが……もし俺達に対して害意を持つような事があれば、その場で息の根を止めてやる」

「わかり、ました……」

ヴィルムの言葉と共に放たれた殺気に、周囲の気温が一気に下がったのではないかと錯覚《さっかく》する。

その殺気を真正面から受けたオーマは、辛うじて返事をするのがやっとだった。

『ヴィ――』

『(待て、ヒノリ)』

殺気に反応したヒノリがヴィルムを止めに入ろうとしたが、隣にいたラディアがそれを小声で制止する。

『(ディア姉？　待てって言ったって、これから同盟を組む国に対してあんな態度じゃ不味いわよ？)』

『(心配無用じゃ。ヴィル坊は、ちゃ〜んとわかっておるよ)』

不和を生みかねない状況に焦るヒノリに対して、ラディアは微笑を浮かべながら髪をかきあげる余裕すらある。

『(あ、本当だ。ヴィー兄様、本気じゃない)』

少し遅れてフーミルがそれに気付き、そのすぐ後にヒノリも気付く。

そうこうしている内に、ヴィルムから放たれていた氷のように冷たい殺気が、一瞬の間に霧散した。

「とは言ったものの、絶対服従を強いる訳じゃないから安心しろ」

「……えっ？」

唐突に変わったヴィルムの雰囲気についていけなかったオーマは、混乱のあまりに目を白黒させている。

「今言った事は本気だが、それはあくまでも〝お前が俺達に対して害意を持った時の話〟だ。別に何でも言う事を聞く奴隷が欲しい訳じゃないし、お前をいたぶって楽しむ趣味もない。メルディナもクーナリアもお前を好意的に見ていたからこそ、助けてほしいと願ったんだろうからな。今後は俺の監視下に置くが、それだけだ。一部を除いて、基本的には自由にするといい。必要なら、修練にも付き合ってやる」

先に放った殺気は、これから同行者となるオーマに対する忠告だったのだろう。

ヴィルムにとっては敵対者に近い認識ではあるものの、すでに身内と認めたメルディナとクーナリアが助けてほしいと願ったオーマを、無下に扱うという選択肢はないらしい。

「最後に、もうひとつ。お前の命を助けたメルディナとクーナリアだけは、絶対に裏切るなよ？」

「は、はいっ！」

状況が飲み込めずに呆けた表情をしていたオーマだったが、言い含めるようなヴィルムの言葉を受けて、はっきりとした了解の意を返した。

「ジオルド殿、貴方の御子息、責任を持って預からせて頂く。この同盟が永遠のものとなるよう切に願う」

「……貴殿の寛大な心に感謝を。そして、我々の絆が永遠に続かん事をここに誓う」

オーマの返事を聞いたヴィルムが拝礼の構えをとると、数瞬遅れてジオルドも同じ構えをとる。

お互いが構えを解くと同時に、どちらからという訳でもなく固い握手が交わされた。

それと同時に、一際大きなディゼネール兵達の歓声が上がる。

ここに、精霊の里とディゼネール魔皇国の同盟が成立した瞬間だった。

【04】精霊の国　サーヴァンティル

「同盟締結、おめでとうございます」

拍手と共にヴィルム達の横に移動してきたシャザールは、柔和な笑顔で祝いの言葉を口にした。

彼の表情と雰囲気からは、本当に喜んでいるのが伝わってくる。

「精霊様の御里とディゼネール魔皇国の同盟は、周囲の国々にも良い影響を与える事になるでしょう。僕も立会人として喜ばしく思います」

「あのままでは破滅の道を辿《たど》るしかなかった我々にすれば、少々好条件過ぎる気がしないでもないがな。そういえば、シャザール殿は冒険者ギルド側として交渉したい事案もあったのではないか？」

「えぇ、ありましたよ。しかし、もう僕の……というよりは冒険者ギルドの目的ですが、ほぼ達成されたようなものなのですよ」

冒険者ギルドのマスターである彼にとって、今回の同盟条件は稀少素材の流通量を減らす事なく、無駄に命を散らす冒険者達は減るという諸手を挙げて受け入れたいものであった。

ハーフエルフである彼にとっては、精霊の里の存在は秘匿すべき事項であるものの、その精霊達が里の存在を公表してくれというのであれば異論はない。

今回の件について、冒険者ギルドにとっては交渉するまでもなく利にしかならない条件なのだ。

これ以上の利を望むのは強欲であると言わざるを得ないだろう。

「ヒノリ様にはお見せしたのですが、こちらに来る前に辞令を貰いましてね。これです」

そう言いつつシャザールが懐から出した物は、先の戦いでヒノリに見せた、装飾と加工が施された一枚の紙であった。

その紙には、〝ラスタベル女帝国の依頼に参加した冒険者達に対する強制指揮権を与える事〟、〝ラスタベル軍に襲撃されているだろう精霊達を保護する任を与える事〟、そして〝精霊達との関係を繋ぐ為の交渉を一任する事〟が書かれていた。

あの時、ヒノリがラーゼンの率いる部隊の処遇を任せたのは、シャザールに貸しを作る為であった。

要するに〝望みを聞いてやる代わりに、交渉の際にはこちらが有利になるよう譲歩しろ〟という意味が含まれていたのである。

「ほぉ、冒険者ギルドも思いきった辞令を出すものだ」

「ラーゼンやラスタベル女帝国を調査していく過程で、彼らの目的が精霊様の捕獲だと判明しましたからね。以前にヒノリ精霊獣様と面識を持てた事と時間的余裕がない事を引き合いに出して、僕を交渉役に任命するように誘導したんですよ」

いつものように笑ってはいるシャザールだが、その顔には若干黒いものが混じっているように思える。

ディゼネールの面々もそれを感じているのか、少なくない数の兵士達が顔をひきつらせていた。

「……こほん。という訳で、冒険者ギルドとしてはこれ以上の利を望むべくもなく、ヒノリ様には冒険者達の命を見逃して頂いた御恩もあります」

周囲の少し引いた視線に気がついたのか、恥ずかしそうに咳《せき》払いをしたシャザールが話を続ける。

「そこで、今回ヴィルム君にはSランクに昇格してもらいます。一個人で軍と対等以上に渡り合える戦闘力、精霊獣様を召喚出来る膨大な魔力、そして精霊様達との確たる絆……どれをとってもSランクとなるに相応しい」

当のヴィルムは黙って聞いているが、その後ろに控えている精霊獣三姉妹は自慢の弟《兄》が認められた事が嬉しいのか、機嫌が良さそうに頷いている。

「更に、魔霧の森の稀少素材を市場に卸《おろ》してくれるというのは、冒険者ギルドはもちろん、各国にも膨大な利益を産み出します。ヴィルムくんのSランク昇格に異を唱える者は皆無に近いでしょう」

シャザールが〝皆無に近い〟という表現をしたのは、短期間でSランクにまで上り詰めるヴィルムに対して嫉妬《しっと》心を持つ者や魔霧の森で一山当てようとしていた者達を考えての事だろう。

『うんうん。冒険者になってからそんなに経ってないのに、もうトップになっちゃうなんて流石はヴィルムね。お姉ちゃ……我も鼻が高いぞ』

『ヒノリ、地が出ておるぞ』

『ヒー姉様……』

『うっ――』

余程嬉しかったのか、思わず普段の口調が出てしまったヒノリに対して、ラディアは呆れたような、フーミルは可哀想な者を見るような視線を向けていた。

自分でも取り繕えないと思ったのだろうヒノリは、顔をひきつらせて固まってしまう。

「そこまで気にする事でもないだろ？　ここにいる奴等がたかが口調くらいで俺達を侮る事はしないさ。俺もSランクになるらしいし、これからは普段通り振る舞えばいいと思うよ」

殺気も威圧も含まれてはいなかったものの、ヴィルムの鬼神の如《ごと》き戦いっぷりが記憶に焼き付いているディゼネールの面々は首を揃えて頷いた。

「ふふっ、ヒノリ様の意外な一面を知る事が出来ましたね。さて、無事に話がまとまった所で、ヴィルム君には是非ともお願いしたい事があります」

「……何だ？」

空気を読んで黙っていたシャザールが脇道に逸れてしまった話に一区切りつけると同時に、再び話し始める。

ここで交渉かと僅かに気を引き締めたヴィルムだったが、シャザールの口から出たのは意外な提案だった。

「精霊様の御里に、国としての名前を考えてほしいのです」

「里の、名前？」

「えぇ、そうです。これから先、新しく同盟を結ぶ国も出てくるでしょう。体裁を気にする者が多いですからね。国名は人々が〝国〟として認識する要素になります」

「シャザール殿の言う通りだな。我々としても精霊様の御里などとは呼ばずに、しっかりとした国名で呼びたいものだ」

予想外の要求に困惑したヴィルムは、シャザールとジオルドに「少し待ってくれ」と断りを入れ、ヒノリ達との相談に入る。

「俺は――の名――と思――けど、かな？」

『う〜ん、それよりも――の――――の方が――じゃない？』

『おぉ、それは――じゃの。――にも関わって――、ヒノリの――成じゃ』

『フーも、――に賛成。なら、絶対――の名前が良いって――思うけど』

「そうか。――がそう言うなら、――が良いかも――な」

意外な事に、その時間は短かった。

ヒノリ達と二言《ふたこと》三言《みこと》話したヴィルムは、すぐに振り返ると改めてシャザール達の前に立つ。

「ギルドマスター、決まったよ」

「……随分《ずいぶん》と早かったですね。では、国名を教えてもらえますか？」

国名なだけに時間がかかる、長ければ後日になると踏んでいたシャザールは、少し驚きながらも

答えを促した。

「サーヴァンティル。俺達の国の名は、サーヴァンティル精霊国だ」

これから新しい道を歩み始める自分達の国の名を口にしたヴィルムは、どこか誇らしげに微笑んでいた。

【05】ヒュマニオン王国へ

サーヴァンティル精霊国とディゼネール魔皇国の同盟が締結されてから数日後、ヒュマニオン王国の重鎮《じゅうちん》達は次々と入ってくる情報に忙殺《ぼうさつ》されていた。

「先日の一件ですが――」

「いや、それよりも食料問題の解決策を――」

「派遣した部隊からの報告によると――」

ディゼネール魔皇国を難なく打ち破ったラスタベル女帝国を警戒するべく斥候《せっこう》を放っていたのだが、つい先日入ってきたのは当の国がすでに壊滅状態にあるという理解し難い情報であった。

これを聞いたゼルディアは情報の確認と共に、ラスタベル女帝国の民を保護するべく動く事を決意。即座にラスタベル女帝国への部隊を編成し、住民達の救助と保護を命じた。

女王と兵力を失い、街が壊滅状態となったラスタベル女帝国にこの救援を断る道などあるはずもなく、部隊が到着次第受け入れる方針が決まっているらしい。

尤も、ゼルディアが助けたいのはラスタベル女帝国の民達だけであり、軽々しく他国に戦争を吹っ掛けるような上層部を助けるつもりは毛頭ないのだが。

「住民達の保護が最優先だ。追加の物資も準備しろ。あとは各国に協力要請の書状を出して――」

「お父様！」

重鎮達が忙しなく動き回る中、勢いよく扉を開けて入ってきたのは、ヒュマニオン王国の第三王女であるルメリアである。

「ルメリアか。見ての通り今は忙しい。すまないが、話があるなら後にしてくれ」

「忙しいのはわかっております。ですが、ハイシェラがヴィルムさんからの手紙を持ってきたのです。どうか、お目通しを」

「ヴィルム殿からの……？」

〝ヴィルムから〟という言葉に反応したゼルディアは持っていた資料の束を机に置くと、ルメリアから受け取った手紙を読み始めた。

自然と重鎮達の動きも止まり、その視線がゼルディアへと向けられる事となる。

「ふー……」

やがて手紙を読み終えたゼルディアは、大きな溜め息を吐くと共に天井を仰いだ。

「へ、陛下、手紙には何と……？」

「ヴィルム殿がこちらに向かっているようだ。ディゼネール皇と兵士達を連れて、な。到着は明日あたりになると書かれておる」

「「「「はっ――!?」」」」

何の脈絡もない、予測不可能な事態に、言葉を失い硬直する重鎮達。

手紙を持ってきたルメリアも中身は見ていなかったらしく、口元に手をあてて絶句していた。

＊　＊　＊　＊　＊　＊　＊　＊　＊　＊　＊　＊　＊

ヒュマニオン王国から見て東方にある平原。

そこにはヒュマニオン王国に向けて疾走する集団の姿があった。

だが〝疾走〟と言葉にしてみたものの、そう表現するには少々強引だと思われる。

何故ならば、その集団の移動速度が常軌を逸している上、氷上を滑るかのように上下に揺れ動く様子が全くない為だ。

「いやはや、ラディア殿の魔法は素晴らしいな。まさか、数千の兵士達をまとめて移動させる手段があるとは思わなんだ」

「この分なら、予定通り明日の昼前には到着する。そろそろメルディナとハイシェラが到着している頃だろうし、出来るだけ早く謁見《えっけん》が叶うといいんだが……」

現在、ヴィルムとラディアはディゼネール魔皇国の面々を連れてヒュマニオン王国へと向かっている途中である。

ジオルドの発言通り、大地の表層を動かす魔法〈グラウンスライド〉により、数千に及ぶ人数を苦もなく運んでいるのは紛れもなくラディアだ。

『かっかっかっ！　友誼《ゆうぎ》を結んだヴィル坊に加えてディゼネール皇までおるんじゃ。控え日に考えても、明後日の朝には場を整えるじゃろう』

すでに丸二日以上魔法を使い続けているはずの彼女だが、ヴィルムからの魔力供給がある為か、全く疲れた様子が見られない。

彼女が本気を出せばすでに目的地に到着しているのだろうが、速度を抑えているのはクーナリアやオーマ、そしてジオルド達ディゼネールの面々を気遣っての事だろう。

「ヴィルムさん！　もう回復したから、また訓練に付き合ってくれよ！」

「……またか」

「はぁ……オーマくんは元気ですねぇ」

つい先日までは人が変わったように落ち込んでいたオーマは、すっかり元の調子を取り戻していた。

どうやら「自分の命はヴィルムの手の中にあり、いつ殺されてもおかしくない。ならば、常に機嫌を窺いながら怯えて生活するよりも、この強くなれるチャンスを最大限に生かそう」という結論に至ったらしい。

一応、ヴィルム自身からも「害意を持たない限りは殺さない」という言質《げんち》をもらっている事も切っ掛けのひとつだろう。

そしてヴィルムの呆れ気味の言葉からもわかるように、開き直ったオーマは体力が回復する度に実戦訓練をねだっていた。

その数は姉弟子であるクーナリアの倍以上である。

「まぁ、俺が言い出した事だし仕方ないか。オーマ、構え――」

『ヴィル坊、ちょいと待つがよい』

もう何度目かもわからない訓練が始まろうとしたその時、両者の間にラディアが割って入る。

「ディア姉？」

『童《わっぱ》よ、今回は儂が相手をしてやろう』

目をぱちくりと瞬かせるヴィルムを背に、身構えたまま呆気にとられているオーマに対して、にやにやと楽しそうな笑みを向けるラディア。

その後ろでは、彼女のヴィルム以上に容赦のない訓練内容を知るクーナリアが僅かに眉を顰める姿が目に入る。

「……え？　ラディアさんが？」

『応《おう》とも。ヴィル坊はお主よりも遥《はる》かに格上じゃが、毎回同じ相手というのはあまり良くない。実力も思考も人それぞれじゃからのぉ。様々な相手と戦ってこそ、対応の幅も広がるというものじゃぞ？』

（言ってる事に間違いはないんだけど……二日間身体を動かしてないからってのが本音なんだろうなぁ）

基本的に身体を動かす事が好きなラディアは、彼らの訓練を見ている内に我慢出来なくなってしまったらしい。

その気持ちを汲んだヴィルムは特に何を言う訳でもなく、クーナリア達のいる後方に大人しく下がった。

「確かに、そうかも。でも、ラディアさんは移動の魔法を使ってるだろ？　いくらなんでもそんな状態で戦えるの？」

『かっかっかっ！　何を言い出すかと思えばそんな事か！　安心せい。童くらいが相手なら、この程度は〝はんで〟にもならんわい』

「ぐっ、言ったな⁉　絶対一本とってやる！」

数千人を同時に、それも高速での移動させる大魔法を制御している事を指摘したオーマだったが、それを歯牙《しが》にもかけずに笑い飛ばすラディアの態度に些《いささ》か頭にきたらしい。

愛用の薙刀《なぎなた》を下段に構え、勢いに任せて彼女に斬りかかるオーマ。

（メルちゃんはいないし……オーマくん、怪我しないといいけど……）

その結果は――クーナリアの懸念した通りだったと記しておく。

【06】ヒュマニオン王国の同盟加入

「急な訪問に対応して頂き、感謝致します。ゼルディア王」

ヒュマニオン王国の王座の間にて、拝礼の構えを持って頭を垂れているのはヴィルムである。

その後ろにはラディアとジオルドが控え、更に後方ではメルディナ、クーナリア、オーマの三人。

そして、メルディナの肩の上にはミゼリオの姿も見える。

あの後、予定通り翌日の昼前にヒュマニオン王国へ到着したヴィルム達を待っていたのは、リーゼロッテが率いる第三騎士団だった。

手紙を読んだゼルディアからの指示が出ていたらしく、ほとんど待たされる事なく王座の間に通されたのだ。

流石にディゼネール兵達全てを国内に入れる事は不可能な為、彼らは城壁の外で待機であるが、食料などの野営物資はラスタベル軍の遠征用の物を回収してあるので、問題ないだろう。

「ゼルディア王よ、我からも礼を言おう。誠に感謝する」

「我が国と友誼を結んでおるヴィルム殿と名君と名高いディゼネール皇との話し合いだ。余程の事でもない限りは断らぬよ。さて、手紙には報せたい事と頼み事があると書かれておったが……？」

「えぇ。ですがそれらを話す前に、まずは謝罪を――」

唐突に謝罪の言葉と共に頭を下げるヴィルムの姿に疑問符を浮かべるヒュマニオン王国の面々だったが、彼の口から語られる話を聞いている内に、その表情は徐々に驚愕一色に染まっていった。

以前に話した自分《ヴィルム》の出生は偽りであり、魔霧の森の奥地――精霊達が棲《す》まう場所で育てられた事。

力を求める冒険者や権力者達から家族《精霊》を守る為、里の存在を隠していた事。

ラスタベル女帝国の台頭は特殊な兵器が開発された事が要因であり、ディゼネール魔皇国はその兵器により侵略されてしまった事。

この兵器を使うには精霊達の生命エネルギーが必要であり、魔霧の森に棲まう精霊達を狙って侵攻してきた為に返り討ちにした事。

敵対勢力を完全に殲滅《せんめつ》出来なかった事で情報の漏洩は避けられないと判断した為、近々精霊の里の存在を大々的に公表する事。

公表するにあたり、サーヴァンティル精霊国としてディゼネール魔皇国との同盟を宣言する手筈になっている事。

一連の出来事を話し終えた後、そのあまりの衝撃に言葉を失っているゼルディアを前に、ヴィルムは本題を切り出した。

「ゼルディア王。以前交わした個人的な友誼、この場を以って解消させて頂きます」

「「「なっ⁉」」」

重鎮達が絶句するのも当然だろう。

彼らはヴィルムやヒノリの力を間近に見ているが故、その繋がりが切れるかもしれないともなれば落ち着いてはいられない。

「何故ならば、我々サーヴァンティル精霊国は、ヒュマニオン王国との対等な同盟を望んでいるからです。そして、同盟が成った暁《あかつき》には――」

しかし、周囲が絶句した直後、ヴィルムの口から続いたのは予想外の言葉だった。

個人的な友誼を結んだままでは、ヒュマニオン王国はヴィルムと同等――つまり、サーヴァンティル精霊国や同盟国であるディゼネール魔皇国より下の立場になってしまう事を懸念したヴィルムの配慮ではあるのだが、彼らからしてみれば何故優位な立場を自ら手放すのかがわからない、といった所だろう。

更には同盟国には、少量ながら魔霧の森でとれる稀少な素材が定期的に流されるという。

あまりにも好都合過ぎる条件は、逆に彼らの猜疑《さいぎ》心を刺激するには十分だったようだ。

「ディゼネール魔皇国も貴国との同盟を望んでおる。我々は、サーヴァンティル精霊国がその存在を世間に晒すという危険を省みず、我々の命を救ってくれた恩に報いたい。その為にも、貴国の協力が必要なのだ」

「……我々にとっても全くデメリットのない条件だ。こちらこそ、是非とも同盟に参加させてほしい」

だがゼルディアだけは考え方が違ったらしく、即断即決でこの話に応じる。

驚きの表情をゼルディアに向ける重鎮達だったが、すでに王が決断を下している以上、明確な悪意がなければ口を挟む事も出来ない。

結果、サーヴァンティル精霊国、ディゼネール魔皇国、ヒュマニオン王国の同盟がここに成立した。

「さて、同盟が成ったばかりで申し訳ないのですが、ひとつ、ゼルディア王に御相談があります」

「相談……？」

同盟が成った直後に、という事で若干怪訝な表情を浮かべるゼルディア。

事前の打ち合わせにもなかったのか、ジオルドも何を言い出すのかとヴィルムの方に視線を向けている。

「えぇ、あくまでも御相談です。無理強いはしません」

「ふむ。まぁ、聞いてみない事には判断出来ないな」

「では……ヒュマニオン王国には同盟国として、ディゼネール魔皇国の復興支援に協力して頂きたい」

これはジオルドも頭を悩ませていた問題である。

ラスタベル女帝国との戦の際、防衛地点として兵力を配置していた箇所の悉《ことごと》くを魔導大砲《マテリアルカノン》にて破壊されていたからだ。

当然、最終防衛地点である城や城下町も。

「同盟を結んだからには任せよ、と言いたい所なんだがな。今はラスタベルの民達の救援も行っていて国庫に余裕がないのだ。ディゼネールやサーヴァンティルに攻め込んだ国とはいえ、民達に罪はないからな。勿論、支援はするが、期待に応えるだけの事は出来ないかもしれん」

「ヴィルム殿？　気持ちは嬉しいが、それではヒュマニオン王国の負担が大きすぎる。同盟を組んだとはいえ、これから信頼関係を築いていかなくてはならない段階で支援を要求するのは少々心苦しい。我が国の復興は、我々が出来る範囲でやっていく故、心配はせんでくれ」

「いいえ、その答えが聞けただけで十分です。元より、ヒュマニオン王国にだけ負担を強いる気はありませんよ。ね？　ディア姉」

色好《よ》い返答ではなかったにもかかわらず、ヴィルムの表情に翳りは見られない。

むしろ予想通りだと言わんばかりの不敵な笑みを浮かべると、すぐ後ろに黙して控えていたラディアに声をかけた。

話を振られたラディアはそのまま歩を進めると、ヴィルムの隣に陣取る。

『自己紹介が遅れたのぉ。ゼルディア王よ、儂の名はラディア。ヴィルムの姉にしてサーヴァンティル精霊国における精霊獣の一人じゃ。此度は同盟の話を受け入れてくれた事、嬉しく思うぞ』

空気が、固まった。

おそらくは話し合いを邪魔しないように、あえて気配を抑えていたのだろう。

自己紹介と共に解き放たれたそれは、他の存在とは一線を画するものであり、以前、直に感じたヒノリのものと同等以上に感じられた。

『かっかっかっ！　そう固くなるでない。ヒノリが随分と脅したようじゃが、儂らは敵対せぬ者を不必要に害する気は毛頭ないわ。それに、今の貴殿らは協力者じゃし、のぉ？』

「……？」

その反応が面白かったのか、豪快《ごうかい》に笑ったラディアは、ゼルディアの目の前で軽く拳を握って見せる。

何をしようとしているのかわからない、といった表情でその拳に視線を引き寄せられるゼルディア達。

次の瞬間、ゆっくりと開かれた彼女の手のひらからは、大小様々な形をした金《きん》が止め処なく溢れ出てきた。

土属性の魔力を持つ者ならば一度は挑戦を試みるであろう鉱物の生成だが、これを成功させた者は未だに存在しない。

鉱物を生成する際、余分な魔力が生成された鉱物に含まれたままとなってしまい、全く別の物質に変化してしまう為である。

しかしながら、今、ラディアが出したのは紛れもなく金そのものであり、前人未到の御技を直に目の当たりにしたゼルディア達はあいた口が塞がらぬ。

『サーヴァンティル精霊国からも資金を提供しよう。あまり派手にやると金の相場が下がってしまうのであろうが、ディゼネールの復興に使う程度の量ならば問題あるまい』

まるで悪戯が成功した時のような笑みを浮かべたラディアだったが、周囲に与えた衝撃はその域を遥かに超えていたらしく、彼らが正気を取り戻すまでに相当な時間を要したようだ。

今までの常識が何度も覆った話し合いであったが、結果的には良好な関係を築いていけそうだという事に胸を撫で下ろした者も多くいた事だろう。

なお、この場にいなかったハイシェラは、小さくなれる事と話せるようになった事がルメリアにバレてしまい、彼女の私室に閉じ込められていた事を記しておく。

【07】デート（一歩手前）

ヒュマニオン王国城下町。

住民の大半を人間族が占めるこの街は、冒険者達の比率が大きいファーレンとはまた違った賑わいを見せていた。

噴水のある広場では子供達が楽しげに走り回り、母親と思わしき者達は子供に気を配りながらも噂話に興じている。

異国の物らしき果物を並べている露店の周囲にはそれを物珍しげに眺める人だかりが出来ていたり、別の場所では吟遊詩人が旅先で体験したという唄を披露していた。

いつもと変わらない日常を送る住民達だったが、彼らの視線は、いつの間にかその場にいた三人組に目を奪われてしまう。

「へぇ、ファーレンにあった露店とは随分と品物の種類が違うんだな。あっちは魔物の素材や旅の消耗品なんかが多かったけど、ここは食料品や嗜好品《しこう》がメインって感じだ」

「あそこは圧倒的に冒険者の数が多いからね。必然的に、取り扱う品物もそっちに需要がある物になっちゃうのよ。それ以前に、露店を開いているのが冒険者だって事もよくあるし」

『あ！　あれ美味しそうじゃない⁉　ヴィル、メル、あれ食べよ！　あれ！』

つい最近まで忌み子＝災厄を招く者と信じられてきた存在の特徴を持つ、この国の窮地《きゅうち》を救ったとされる青年、そして人前に姿を見せる事は滅多にないとされる精霊を肩に乗せた、すれ違えば男女問わず振り向いてしまうであろう美貌を持つエルフの少女。

一人でもその場にいれば注目を浴びるであろう存在感を持つ者と彼女、行動を共にしているのだからそれも仕方のない事なのかもしれない。

その三人組――ヴィルム、メルディナ、ミゼリオは、同盟が締結された事で早く自国に戻りたいジオルドを含めたディゼネール魔皇国の面々を送る役を買って出たラディアを待つ間、以前出来なかった観光をと城下町に繰り出したという訳だ。

クーナリアとオーマは、リーゼロッテ率いる第三騎士団の訓練に参加している為、この場には来ていない。

ハイシェラの所在は簡単に予測がつくだろう……御察しの通りである。

「そうだな。丁度昼時だし、食べ歩きも良さそうだ。メルもそれでいいか？」

「えぇ、ミオが食べたいなら買っちゃいましょ。私も食べてみたいしね」

『やったぁ♪　おじさんおじさん、これ三本頂戴！』

「あ……？　へ、へい、毎度どうも！　銅貨九枚になりやす！」

ミゼリオ精霊に話し掛けられた事で目を白黒させていた店主だったが、すぐさま気を取り戻すと串焼きを一本ずつ包んだ袋をメルディナに渡し、ヴィルムから銅貨を受け取った。

『ん～！　美味しい！』

「本当。お肉は特別な物って訳じゃないのに……タレに果物を使っているのかしら？　それと仕込みの段階でしっかり漬け込んでるから、ここまで味に深みが出てるって訳ね」

「確かに美味いな。これだけ美味いなら、他の店にも期待出来そうだ」

流石に自分が持つには大きすぎる為、メルディナが持つ串焼きに飛び付く形で肉を頬張るミゼリオ。

それに対してメルディナは、彼女の邪魔にならないようにもう片方の手に持った串焼きを口に入れては、じっくりと味わいながらその味の秘密を解析し始める。

昼前という事もあって彼方此方《あちこち》に空きっ腹を擽《くすぐ》る良い匂いが漂う中、美味しそうに串焼きを頬張りながら歩く姿を見た者達の喉が同時に動き、次いで彼らの視線は串焼きに注がれた。

串焼き屋に殺到する住民達を尻目に、次の店を探し始めるヴィルム達だった。

串焼きに続いてパンやスープでお腹を満たした後、デザートにと買った赤い果物を齧《かじ》りながら歩いていたメルディナが、ふと足を止める。

「メル、どうしたんだ？」

「え？　あ、うん。大丈夫、何でもないから」

何でもないと言いながらも、彼女はその場から動こうとしない。

不思議に思ったヴィルムがその視線の先を追うと、雑貨を取り扱っている露店が目に入った。

「何か、欲しい物があるのか？」

「あ、いや、そういう訳じゃないから……えっ、ちょっ⁉」

その態度から彼女が遠慮していると判断したヴィルムは、煮え切らない返事をしようとしたメルディナの手をとると、多少強引に露店の近くへと引っ張っていく。

不意を衝かれて手を握られた彼女の頬は反射的に真っ赤に染まり、明らかに動揺しているのがわかる。

「いらっしゃ——いッ⁉」

「少し見せてもらうぞ」

別の意味で動揺していた店主には目もくれず、メルディナの欲しがっている物を見定めようとするヴィルムだったが、顔を真っ赤にしている彼女は混乱のあまり目を回しており、あてにならない。

（この辺りだとは思うが、どうしたもんかな……ん？）

先程までのメルディナの視線から大体の位置を割り出したものの、乱雑に置かれた商品の数々に頭を悩ますヴィルムの目に入ったのは、蒼《あお》色の宝石が嵌《は》め込まれた銀細工の髪飾りだった。

その隣には、その髪飾りと対を成すかのように作られた、紅《あか》い宝石が嵌め込まれた物もある。

「……これとこれをくれ。いくらだ？」

「えっ？」

ヴィルムが二つの髪飾りを手にとると、メルディナは驚いた様子で彼の顔を見上げた。

「あ、あぁ。どっちも金貨で六枚だよ」

「もらっていく」

ひとつ金貨六枚とかなり高額な物にもかかわらず、即座に代金を支払ったヴィルムは、来た時と同じくメルディナの手を握りながらその場を離れる。

少しばかり人気が薄くなる場所まで歩いた後、振り返ったヴィルムは、蒼色の宝石が嵌め込まれた髪飾りをメルディナに渡した。

「メルディナにプレゼントだ。さっき、見てただろ？」

ヴィルムと髪飾りを交互に見たメルディナの口から紡がれたのは、驚きと嬉しさが入り交じった感謝の言葉――、

「えっ？　違うわよ？」

ではなかった。

「は……？」

その時の彼の表情は、おそらく彼の生涯で初めてのものだったに違いない。

正に〝目が点になる〟という表現がぴったりであり、普段はクールな印象が強い彼からは想像出来ない程の放心っぷりである。

「確かに髪飾り、これも目に入ったけど、あの店主さんがね？　私と同じエルフ族だったみたいだから、珍しいなって思って見てたのよ。エルフ族って、私みたいに故郷から出ようとする人はなかなかいないから……」

メルディナに言われて思い出してみれば、あの店主の耳は確かに尖っていた上、バンダナが巻かれた髪は金髪で、代金を聞いた時にチラっと見えた瞳は碧色《みどり》だったかもしれない。

『……ぷふっ！　あっはっはっはっ！　も、もう我慢出来ない！「さっき、見てただろ？」って！かっこよすぎ、て……あーっはっはっはっ！』

「（ちょっとミオ⁉︰）」

その様子が余程面白かったのだろう。

堰《せき》を切ったように笑い始めたミゼリオは、必死に止めようとするメルディナの手をすり抜けるように空間を転げ回る。

（……全部、俺の勘違いかよ。なんだこれ）

自信満々で渡したプレゼントが完全な勘違いだったとわかったヴィルムは、未だかつてない程に

羞恥《しゅうち》の感情を覚えていた。

先程までとは全く逆で、口元を抑えて赤くなったヴィルムを何とか宥《なだ》めようとするメルディナだったが、羞恥心に慣れていない分、彼が平静を取り戻すまでにかなりの時間を要したらしい。

「ヴィル、ありがとね」

帰り道、彼女が言ったその言葉が、ヴィルムの心を軽くしたのは間違いないだろう。

なお、もうひとつの髪飾りをクーナリアに渡した際、再び笑い始めたミゼリオにはメルディナの鋭い突っ込みが炸裂したらしい。

＊　＊　＊　＊　＊　＊　＊　＊　＊　＊　＊　＊　＊　＊

——人気のない裏路地。

滅多に人が寄り付かないであろうその場所にいたのは、その大半がフードやマスクで顔を隠した六人組である。

「間違いない。あれがターゲットだ」

「情報にあった、黒目黒髪の男も確認出来たな」

「どうやら王城の一室に寝泊まりしているようだ。部屋は完全に別々。こちらとしてはありがたい話だな」

「となると、襲撃はやはり夜分が良いだろう」

彼らの声色からは年若い印象を受けるが、その喋り方はそれ相応に年を重ねた者と捉えてしまう事もあるだろう。

会話内容から想像するに、彼らがヴィルム達と仲良くしに来たのではない事だけは確かである。

「情報は以上だな？　ならば決行は明日の晩。それまでは警戒されないように身を潜めておけ」

唯一顔を隠していないバンダナのエルフ――先程の露店の店主が指示を出すと同時に、彼らはその身を闇夜の中へと溶かしていった。

【08】潜む者達

深夜。

夜間の警備兵以外の者達が深い眠りについた頃、城内には暗闇に潜む六人組の姿があった。

黒装束に身を包んだ彼らは所々で身を隠しつつも、まるで城内を知り尽くしているかのように迷いなく歩を進めていく。

「（所詮は人間族だな。我々が相手とはいえ、一国の城にこうも易々と侵入を許すとは）」

「（仕方があるまい。今の我々は気配どころか魔力すらも絶っているのだ。いかに優れた達人であろうとも、我々の存在に気付く事など出来んよ）」

「（無駄口を叩くな。ターゲットの部屋だ）」

明らかに人間族を見下すような会話をしながらも、彼らの動きに油断や慢心は見られない。

リーダーらしき者が放った言葉も、注意というよりはさっさと目的を達成したいが為といった所だろう。

「(二人は見張り。お前は退路の確保。俺が精霊様を抑えている間に、お前達がターゲットを捕縛しろ)」

「(……よし、いくぞ)」

下された指示に黙って頷いた五人は、素早く自身の配置につく。

万全の配置を確認し、彼らが目的の部屋へと突入しようと身構えたその時――、

「グブッ⁉」

「「「「っ⁉」」」」

突如として背後から聞こえたカエルが潰されたような声に驚いた四人が、すぐさまその場から飛びしさり、振り返ると同時に戦闘態勢をとる。

そこには暗闇の中であるにもかかわらず、彼らを正確に見据えているヴィルムの姿があった。

「さて、何か言い残す事はあるか?」

「ッ、ッ⁉」

「ウ、グッ……」

その片腕には首を絞められた者が、その足下には背中を強く踏まれた者が呼吸困難に陥っている。

侵入者である者達の素性を聞き出そうとしない所から察するに、ヴィルムの中で彼らが敵対者だ

という認識は揺るぎないものとなっている為、尋問する必要もないと判断しているといった所だろう。

「ちっ！　こうなったら多少騒ぎになっても構わん！　奴は俺が抑える！　お前達はターゲットを捕縛して撤退しろ！〈エアロガイスト〉！」

言うが早いか、リーダー格の男はヴィルムに向かって突風を巻き起こす。

おそらくは捕まっている仲間を気にして殺傷力の低い魔法を放ったのだろう。

そしてあわよくば、その仲間達を解放する狙いもあったのかもしれない……が、その選択は完全に間違っていた。

「今だ——何ッ⁉」

「馬鹿なッ⁉」

「カハッ⁉」

突風が発生すると同時に目的の部屋までの距離を詰めようとする三人だったが、その内二人に拘束されていたはずの者達が投げつけられる。

投げつけた張本人——引き起こされた突風をものともせず、残った一人に接近したヴィルムは、その鳩尾《みぞおち》に強烈な一撃を叩き込んで昏倒させた。

「ちょっと、何の騒ぎ⁉」

「何の音ですか⁉」

「誰だこんな夜中に！　うるっせぇんだよ！」

こうも派手に激しい戦闘をしてしまえば、余程に鈍い者でもなければ目を覚ますだろう。

メルディナとクーナリアが慌てた様子で、そしてオーマは苛立ちを隠そうともせずに、勢いよく扉を開けて姿を見せる。

「くっ！　撤退だ！」

ヴィルム一人すら突破出来なかったのだ。

戦闘不能者が出た事に加え、敵の人数が増えてしまったとなれば、退かざるを得ないだろう。

尤も、ヴィルムに捕まっていた二人はすでに意識を失っており、その撤退命令に反応出来たのは残りの二人のみであったが。

「クーナはメルを守れ！　オーマはそこで気絶している奴らを逃がすな！」

「は、はい！」

「お、おう！」

まだ状況が掴めていないクーナリアとオーマに最低限の指示を出したヴィルムは、窓を割って外へと逃げた三人を追って同じように飛び出した。

混乱しつつも、出された指示に従って武器をとってメルディナに寄り添うクーナリアと、駆けつけてきた兵士達に捕縛用に縄を持ってくるように頼むオーマ。

「えっ？　えっ？」

守られる対象として名前を呼ばれたメルディナの混乱は二人よりも大きいらしく、何とか状況を把握しようと周囲を見渡すものの、その程度で理解出来るはずもない。

そんな中、兵士の到着を待つオーマは、気絶した三人を一ヶ所に集め始める。

しかし、少しばかり手荒に扱った為か、その内の一人が被っていたフードが捲《めく》れてしまった。

「えっ……？　この人達、もしかして？」

＊　＊　＊　＊　＊　＊　＊　＊　＊　＊　＊　＊　＊　＊

ヒュマニオン王国郊外にある森の中。

三人もの犠牲を出した上で王国を脱した侵入者達は、追ってくる気配がない事に安堵し、蓄積した疲労を回復する為に小休止をとっていた。

最早、彼らの表情から余裕は失われ、屈辱と恐怖の感情に支配されているようにも見える。

「……まさか、失敗するとはな」

「たかが人間族に手も足も出んなど、屈辱以外の何物でもない」

「言うな。今はこの情報を皆に届けねばならん」

リーダー格のバンダナエルフが失意に暮れる二人を窘《たしな》めると、マスクをしている方の男が自嘲《じちょう》気味に笑い始めた。

「くっくっくっ。私達が一人の人間族に負け、目的も達成出来ず、すごすごと逃げ帰った情報をか？　それはさぞかし下位の奴らが喜ぶだろうよ。私達の降格は確実になるのだからな！」

「……言うな」

マスクの男が言った事はバンダナエルフの方も理解しているらしい。

自制する為に強く噛んだ唇の端からは、胸中に渦巻《うずま》く屈辱を示すかのような一筋の赤い血が流れた。

「おい、お前も何とか言ってやれよ」

冷静であろうと堪《た》えるバンダナエルフに対して、自暴自棄になったマスクの男は止まらない。

不安を紛らわせようと、隣で身体を休めている男に声をかけるマスクの男だったが、返事がない事に苛立ちを覚えて睨《にら》むような視線を向ける。

「おい——ひっ⁉」

そこには首が折れ曲がり、虚《うつ》ろな瞳で自分を見つめる男の顔があった。

「戦闘態勢をとれ！」

「嘘だろおい！　気配なんて全くなかったじゃないか⁉」

「集中を切らすな！　いつどこから襲ってくるかわからんぞ！」

お互いの死角をなくす為に背中合わせで陣取った二人は、即座に魔法を放てるように魔力を集中する。

（どこだ？　どこにいる⁉）

僅かな動きも見逃さないように、些細《ささい》な音も聞き逃さないように、全神経を研ぎ澄ませて周囲を探るバンダナエルフ。

しかし辺りは彼の緊張を嘲笑《あざわら》うかのように、不気味な静寂が広がっている。

二人の緊張が極限に達しようとしたその時、背後から——つまり、マスクの男の正面から、小さく葉が擦れる音が聞こえた。

「う、うわあああああっ！　〈バーストフレア〉！　〈バーストフレア〉！　〈バーストフレア〉！　あああああっ！」

「なっ⁉　この馬鹿！」

恐怖に精神を汚染されて半狂乱となったマスクの男は、広範囲に及ぶ攻撃魔法を無差別に放ち始めた。

「くっ！　仕方ないか……！　〈エアリアルバースト〉！　〈エアリアルバースト〉！　〈エアリアルバースト〉！」

派手な炎と爆発音を撒き散らす為に索敵は不可能とみたバンダナエルフは、即座にマスクの男と同じ、広範囲に及ぶ攻撃魔法を連発する。

（これなら逃げ場はないはず。倒せはせずとも、負傷して……いや、負傷を恐れて退いてくれれば！）

最後の手段に一縷《いちる》の望みを賭けるバンダナエルフだったが、その望みは淡くも潰えてしまう。

突然、背後から鳴り響いていた爆発音が止まったかと思うと、背中合わせに立っていたマスクの男が崩れ落ちたのだ。

反射的に振り向いてみれば、マスクの男の首もまた、無惨に折れ曲がっていた。

（そ、そんな……一体、どうやって？）

理解不能の異常事態に、まるで滝のように冷や汗が流れ落ちる。

「お前には聞きたい事が山程ある」

その言葉を最後に、彼は意識を失った。

【09】侵入者の正体

ヴィルムが王城に戻ってきたのは、太陽がその姿を見せ始めた頃であった。

彼を出迎えたメルディナ、クーナリア、リーゼロッテの三人は、意識のないバンダナエルフを無造作に担いでいる以外、特に異常な点は見られない彼の姿に安堵の吐息を漏らす。

「メル、クーナ、大丈夫だったか？」

「え？　えぇ。クーナやリーゼロッテさんがついていてくれたから、私は大丈夫よ」

「お師様が出ていってからは何もなかったです。リーゼロッテさんも手伝ってくれましたですし」

自分が掛けようとした言葉を他ならぬヴィルム自身にとられてしまったメルディナは一瞬戸惑い、クーナリアが特に何事もなかった事を報告すると、少々ばつが悪いような表情を浮かべたリーゼロッテが頭を振った。

「いいえ、私は何も。本来であれば我々の役目であるにもかかわらず、侵入者に気付けないとは……。ヴィルム殿、申し訳ありません」

「気にするな、とは言わない。まぁ、結果的にメルは無事だったし、責めるつもりもないけどな」

「……侵入者達は拘束した上で地下牢《ちかろう》に。オーマ殿が監視役を買って出てくれましたので、私の部下と共に奴らの見張りをお願いしました」

ある意味、彼女にとっては責められた方が楽だったのかもしれない。

己の腑甲斐なさに顔を俯かせたリーゼロッテは、肩を震わせてはいるがそれを言葉にする事はなかった。

「わかった。とりあえず、こいつもそこに連れていくから案内してくれ」

「その前に、ヴィル、ちょっといいかしら？」

「ん？」

リーゼロッテの胸中を知ってか知らずしてか案内を促すヴィルムの側に近寄ってきたメルディナは、担がれたエルフのバンダナをほどく。

「……やっぱり」

その下から現れたのは、額《ひたい》に埋め込まれた形で透き通った光を放つ翡翠《ひすい》のような石であった。

「ハイエルフ……私達エルフの里よりも更に奥地に住む人達。私達以上に外に出る事を嫌っているはずなのに、どうしてこんな所まで……？」

「こいつがハイエルフか。初めて見たな。どうりで魔力の消費が激しい魔法をあれだけ連発出来る訳だ」

エルフの上位的な存在である彼らは、同種に近いエルフの里にすら姿を見せる事は滅多にない。

その彼らがヒュマニオン王国にまで出てきた事実に、メルディナは驚きと困惑の表情を浮かべ、
エルフである彼女の魔力量を基準に考えて戦っていたヴィルムは、ようやく合点がいったとばかり

に担いだハイエルフに視線を向ける。

「ん？　〝人達〟？　もしかして、他の奴らもハイエルフだったのか？」

「えぇ、フードが捲れた時に額の石が見えたから。まさかとは思ったんだけど……」

「……詳しくは、こいつらに聞くとしようか」

リーゼロッテの案内で地下牢に辿り着いたヴィルム達。

そこには薙刀を携えたオーマが気絶したハイエルフ達が入っている牢を油断なく見据えており、リーゼロッテの部下であろう騎士達が出入り口を固めているといった様子であった。

「あ、ヴィルムさん。こいつら、まだ目を覚ます様子はないぜ？」

「あぁ、お疲れさん。鍵を開けてくれるか？」

ヴィルムが担いだハイエルフを見た騎士が即座に牢の鍵を開けると、彼は即座に牢屋の中に入り、鍵を閉めるように伝える。

鍵が閉められた事を確認すると、ヴィルムはハイエルフ達の身体を調べていく。

どうやら王城に残してきたメルディナを心配するあまり、所持品の確認等は後回しにしていたらしい。

不意に、手際良く動いていたヴィルムの動きがピタリと止まった。

「……流石に、予想外だったな」

「ヴィルムさん！　それってまさか⁉」

その手に握られていた物に見覚えがあるオーマは、身を乗り出すと同時に驚きの声をあげる。

それはサーヴァンティル精霊国防衛戦の際、ラスタベル軍の将が身に付けていた首飾り、オーマにとっては操られていた自分達に埋め込まれていた小石に酷似した物――〝身操《シンソウ》の首飾り〟であった。

（なるほど。あの時、こいつらが気絶するまでに時間が掛かったのはこういう事か。だが、ラスタベル軍の魔導具をこいつらが持っているのはどういう事だ？）

自身が聞き出した情報によれば、装備した者の潜在能力を解放する魔導具であり、それはラスタベル軍が極秘に開発していた物だったはずである。

（出所は今から吐かせるとして……首飾りこれは母さん達に保管してもらってる物があるし、持ち帰る必要はない。破壊しておいた方が良いだろうな）

大きな疑問に思考を巡らせながらも、ヴィルムはハイエルフ達が持っていた〝身操の首飾り〟を全て回収し、淡々と砕いていった。

「さて、起きろ」

確認作業を終えたヴィルムは、平坦な声と共に未だに目を覚ます気配のないハイエルフ達を起こそうと蹴り始める。

「ウグッ」

「ウゥ……ッ⁉」

数度目の蹴りで意識を取り戻したのは、リーダー格だったバンダナと背中を踏まれて気絶した二人だった。

起きたばかりで状況を把握出来ていなかった二人だったが、周囲を見渡す内に自身の置かれた状況を理解し始めたようだ。

しかし、リーダー格のバンダナが俯いて口を閉ざしたのに対し、背中を踏まれて気絶させられた方は今にも喰らいつかんばかりの表情でヴィルムを睨み付けていた。

「二人もいれば十分か。何故、メルを狙った？　包み隠さず全て話せ」

「たかが人間風情がハイエルフたる我々に命令するなど！　今すぐこの縄を解ゲ――――ッ⁉」

騒ぎ出したハイエルフの腹部に、ヴィルムの爪先が食い込む。

「騒ぐな。耳障りだ」

激しく咳き込む姿を見下ろす彼の目には、実害はなかったにしろ、メルディナを狙ってきた者達に対する怒りが見え隠れしていた。

「……我々が素直に話すとでも？」

「話さないなら、話したくなるようにしてやるまでだ」

「クッ！……ん？」

冷徹に言い放つヴィルムから黙って視線を逸らすリーダー格のハイエルフだったが、その視線が一点に集中したかと思うと唐突に笑い始める。

「クックックッ。残念だったな。どのみち、我々の命はすぐに尽きる」

「何だと……？　どういう事だ？」

彼の視線を追えば、そこには先程破壊した身操の首飾りの破片が散らばっていた。

「ふん、言葉通りだ。すぐにわかるさ」

「ゲホッ！　ゲホッ！……グッ⁉　ゲボッ⁉」

突如、腹部を押さえて苦しんでいたハイエルフが、激しくのたうち回り始める。

夥《おびただ》しい量の吐血から察するに、尋常ではない苦痛が彼を襲っている事だろう。

「ヴィル！　後ろ！」

「ッ⁉」

「クヒュー……クヒュー……ゴプッ……」

「ゴポッ……ゴポッ……」

メルディナの声に振り返ってみれば、気絶していたはずの二人の口から血が溢れ、半分だけ虚ろに開かれた目はどこを見ているのかもわからない。

ハイエルフは、産まれた直後から精霊族に次ぐ、もしくは一部の精霊以上の高い魔力を持つ代償として、聖樹と呼ばれる大木の守護を義務付けられた種族である。

それ故、聖樹の力が及ぶ範囲でしか生きる事が出来ず、聖樹から離れてしまえば、待っているのは確実な死。

彼らはその呪いとも呼ぶべきデメリットを、〝身操の首飾り〟によって極限まで軽減していた訳だが、そんな事をヴィルム達が知る由もない。

「ク、クッ……情報が手に入らなくて、残念、だったな……」

一人、二人と息絶えていき、最後まで残っていた彼の命も尽きようとしている。

「あぁ、残念だ。こうなったら、お前達の仲間に直接聞きに行くしかなさそうだ」

「面白い、冗談だ。た、確かに、貴様の力は、凄まじい、が……ゴホッ！　我々の、領土内、であれば、我々が、負ける事など、ありえ……ゲボッ！　ゲボッ！」

笑みを浮かべてヴィルムを挑発するハイエルフは一際大きく咳き込むとその場に倒れ込み、呼吸は徐々に弱まっていった。

「その、女は、必ず、手に入れ、る……。精々、守ってや、る、事だ、な……」

その言葉を最期に、彼が起き上がる事は二度となかった。

【10】手掛かり

「何がどうなっている⁉」

「きゅ、急に血を吐いたぞ！」

ハイエルフ達の不可解な死に様に、周囲にいた者達が騒ぎ始める。

彼らの特性を知らない者達から見れば、自分達が目撃した惨劇は到底理解出来るものではないだろう。

（毒か……？　いや、そんな様子はなかった。予め口内に仕込んでいたとしても、気絶した状態の奴らまで死んだ理由にはならない……）

その惨劇を最も間近で見ていたヴィルムは、周囲の騒ぎを他所に彼らの死体を検分していた。

彼らが目を覚ます直前の状態との違いから、死因を推測する為だ。

（この男、目を覚ました直後は随分と尊大な態度だったな。死を悟った者があんな態度をとるのはおかしい。少なくとも、こいつにはもうすぐ死ぬという自覚はなかったはず）

苦悶に顔を歪めて冷たくなっている男の側から立ち上がったヴィルムは、死して笑みすら浮かべているように見えるハイエルフへと視線を移す。

（こっちの男もそうだ。意識を取り戻した直後は黙《だんま》りを決め込んでいたのに、急に喋り始めた……身体の変調に気付いた？　いや、他の奴らにそんな予兆らしき症状は見られなかった。となると、この男だけが何かに気付いたという事か？）

自身の立てた仮説を元に、その男が視認していたであろう範囲に目を配っていたヴィルムの視線が、一ヶ所に固定された。

（まさか、俺が壊した首飾り、か？）

「ヴィルム殿、我々にも彼らを調べさせてもらえないでしょうか？」

丁度、ヴィルムがほぼ正解に辿り着くと同時に、混乱する部下達を落ち着かせたリーゼロッテが声を掛けてきた。

「あぁ、それなら代わろう。メルに聞きたい事もあるしな」

「では、それが終わったら改めてお休みになって下さい。城の者には部屋を訪ねないよう通達を出しておきます。ヴィルム殿とメルディナ殿の話はまた後日に聞かせて下さい」

自身が狙われたとはいえ、同族とも言えるハイエルフ達の凄惨《せいさん》な死に様に少し青ざめているメルディナを気遣っているのだろう、少し眉を下げたリーゼロッテは休息を勧める。

「素直に甘えさせてもらうよ。メル、クーナ、部屋に戻ろう。オーマもついてこい」

ヴィルム自身もメルディナには休息が必要だと判断したらしく、考える素振りすら見せる事なく三人に声を掛けるとその場を後にした。

＊　＊　＊　＊　＊　＊　＊　＊　＊　＊　＊　＊　＊

『メルを狙ってただとー!?　許さーん！』

メルディナの部屋に戻り、いざ話し合いを始めようとした所、『うあー……？　メルー、どこー？』と目を擦りながら起きてきたミゼリオに先程までの出来事を簡単に話すと、全身を使って怒り始めた。

端から見れば、子供が駄々をこねているようにしか見えないが、本人の怒りは相当なものらしい。

『ヴィル！　ちゃんとコテンパンにしてやったんでしょーね!?　メルを狙うような奴に手加減なんかしてないでしょーね!?』

「いや、つか、今までグースカ寝てたお前が言えた事じゃねーだろ」

『うっさいオーマ！　メルを狙った奴らを庇《かば》うつもりかー!?』

「いてててっ!?　髪を引っ張るなって！」

呆れ顔のオーマがジト目で指摘するが、怒りに満ち溢れた今のミゼリオには何を言っても無駄な上、地味に話も通じていないようだ。

むしろ火に油を注ぐ結果にしかならないらしい。

「オーマ、ミオが落ち着くまで我慢しろ」

「えぇっ⁉」

ヴィルムからこう言われてしまっては、オーマに拒否の選択肢はなくなってしまう。

最早、彼に出来る抵抗は、痛みに耐えつつ一刻も早くミゼリオの怒りが落ち着いてくれる事を願うのみだろう。

そんなオーマとミゼリオのやりとりを背に、メルディナの方へ向き直ったヴィルムはベッドに腰掛けた彼女に本題を切り出した。

「さて、ミオの事はオーマに任せておくとして、メルはあいつらハイエルフ達に狙われる理由に心当たりはないか？」

「ないわ……って、言いたい所なんだけどね」

その質問に深々と溜め息を吐いたメルディナは、片手で額を押さえながらポツリポツリと話し始める。

「私ね……故郷にいた頃、ハイエルフの族長の息子に求婚されたのよ。まぁ、アレは求婚って言うより、命令って言った方がいい気がするけど」

当時の様子を思い出したのだろう、彼女の口調や仕草の端々に苛立ちが窺える。

「それでね？　私は断るつもりだったんだけど、故郷の皆ばかりか、お父さんやお母さんまでいい話だから受けなさい、なんて言い出しちゃってさ。このままじゃ強制的に結婚させられるって思ったから、逃げ出しちゃったのよ」

エルフ族にとって、上位種族であるハイエルフ族からの求婚は誉れ高いものであり、諸手を挙げて喜ぶべき事なのだが、エルフ族の中で変わり者であるメルディナにとってはそうではなかったらしい。

「結構な年数旅して回ってたし、その間も追手の気配なんか欠片もなかったから諦めたと思ってたんだけど……まさか、今更やってくるなんてね」

「メルちゃん……」

話を終えても顔を上げようとしないメルディナの隣に座ったクーナリアは、悲痛な面持ちでその手を握った。

その表情から察するに、おそらくは彼女にも話した事がなかったのだろう。

『やっぱり、あんな場所から連れ出したのは正解だったわね！』

「ひでぇ話だなぁ。オレだったらキレて暴れてるぜ」

いつの間にか、騒いでいたはずのミゼリオや、彼女の相手をしていたオーマもすぐ側に来ていた。

付き合いが長いミゼリオは当時の出来事に関わっているような口振りを見せ、自分に当て嵌めて想像したらしいオーマの方は嫌悪感が顔に表れてしまっている。

同情的な視線がメルディナに集中する中、彼女が話し始めてから黙していたヴィルムが口を開いた。

「まだ推測の話なんだが……今回奴らがメルディナを狙ってきたのは、あの首飾りが関係しているんじゃないか？」

「首飾りって、さっきヴィルが壊してたアレの事？」

「アレって、ラスタベル軍の奴らがつけてた魔導具と一緒、だよな？」

「あぁ、まず間違いないだろう。少なくとも、外観は全く同じだった」

「で、でも、何でそれが今回の事に関係するんですか？」

魔導具の正体を代弁してくれたオーマに頷いて答えたヴィルムに、未だにメルディナの側を離れようとしないクーナリアが疑問を投げ掛ける。

「あいつらの不可解な死。死体を簡単に調べてみたが、毒物や呪いの可能性はほぼない。あいつらが死ぬ前後で違っていた事といえば、俺が踏み砕いたあの首飾りくらいだ」

「うーん……いくら何でも、首飾りを壊しただけで死ぬなんて事あるのかしら？　流石に、ちょっと強引すぎる気がするんだけど」

「俺もそう思ったよ。だから、〝逆〟なんじゃないかと考えた」

「「「『逆？』」」」

ヴィルムの推測に納得がいかなかったメルディナは気になった点を指摘するが、返ってきたのは意外な程あっさりとした同意と別の回答だった。

「あの首飾りには潜在能力を解放させる、身体能力を引き上げる効果がある。だったら〝首飾りを壊したから死んだ〟んじゃなくて、〝首飾りを身に付けている事で死を防いでいた〟と考えられないか？」

「あの首飾りにそんな効果が……？　じゃあ、あの人達が外に出るのを極端に嫌っていたのも、

〝出たくない〟んじゃなくて、〝出る事が出来なかった〟……？」

「という事は……その首飾りをつけて、外に出られるようになったから、メルちゃんを狙ってきたって事ですか？」

「そういう事になるな。となると、今度は何故それをハイエルフ達が持っているのかって疑問が出てくる。あの首飾りは、〝ラスタベル女帝国が最近になって開発したもの〟のはずだからな」

「ま、まさか……」

その口から語られる仮説に導かれ、同じ結論に至ったメルディナが息を呑む。

そのまま、答えを急かすように目を合わせた彼女に頷いたヴィルムは、自身の出した結論を口にした。

「ハイエルフ達には、ラスタベル女帝国と何らかの繋がりがある」

「ちょっ、ちょっと待ってくれよヴィルムさん！　ハイエルフ族もエルフ族と一緒で精霊を崇拝する種族なんだぜ？　精霊狩りをするような国に協力するなんてありえない！」

オーマ自身、ハイエルフを庇っているつもりは全くなく、自分の知っている常識からは考えられないヴィルムの結論に、思わず口に出してしまったといった様子である。

「それはこれから調べればわかる事だ。ラスタベル女帝国から逃げた奴らの手掛かりもないし、調べてみる価値は十分にあるだろ？　それに――」

オーマの反論に淡々と答えていたヴィルムが、僅かに口角を上げ、指を鳴らす。

「メルに手を出そうとした事、後悔させてやらないとな」

その瞳の奥には、内側から燃える怒りの炎が宿って見えた。

【11】黒幕ラディアさん

『なるほどのぉ。儂がおらん間に、そのような事になっておったのか』

「ゼルディア王には大体の事情を話したよ。本当なら一度帰るつもりだったけど、このままハイエルフの里に向かう事にする。あの国との繋がりが濃厚な以上、放っておく事は出来ないからね」

ハイエルフ達の襲撃があった翌々日、十分な休息をとったヴィルム達は、ディゼネールの面々を国元に送り届けて帰ってきたラディアに事情を説明していた。

事情聴取の際、同盟国として協力を申し出てくれたゼルディア達だったが、ラスタベル女帝国に加えてディゼネールの支援に手を回す事になった彼らにはあまり余裕がないと判断した上で、丁重に断っていた。

「それで、戻ってきたばかりで疲れてる所悪いんだけど、ディア姉はこのままメルとミオを連れて、この事を母さんに報せてほしい」

「えっ、私も⁉」

『何でよ！　ワタシだってメルを攫《さら》おうとした奴らをやっつけたい！』

「あいつらの狙いはメルだったんだ。それがわかっているのに、わざわざ目の前に連れていってやる必要はないだろ？」

　ヴィルムの瞳にはメルディナやミゼリオを気遣う感情が色濃く出ている訳だが、当事者とその事情を知る者から見れば納得がいかないらしい。

「ま、魔霧の森程じゃないけど、私達が住む森だって結構入り組んでるわよ？　案内役は必要だと思うけど」

「フーを連れていくから大丈夫だ。ある程度の距離まで近づければ、魔力感知で大体の位置は掴める」

「じゃ、じゃあ、食糧の確保とか！　あの森、結構毒のある実とかが成っていたりするから危ないわよ？」

「食糧はしっかり用意するさ。毒を含んでるかどうかは大体わかるし、最悪は食える魔物を狩ればいい」

「えぇっと……ほ、ほら！　私がいれば、他のエルフ達に協力してもらえるかもしれないじゃない？」

「メルの話を聞く限り、むしろハイエルフ達に協力する可能性の方が高いんだが……」

　自身を連れていくメリットをアピールするメルディナだが、それらはデメリットを覆すまでには至らない。

　ミゼリオがヴィルムの頭の上で、髪を掴みつつ『連れていきなさいよー！』と駄々をこねているが、彼の表情に変化がないのでなかなかシュールな光景になっている。

　そんな中、メルディナとミゼリオに助け船を出したのは、意外な事にラディアであった。

『ヴィル坊の言いたい事はわかるがのう、メルディナとミゼリオの気持ちも汲んでやってはどうじゃ？　ヴィル坊とて、自身の問題が与り知らぬ所で進んでいくのは気分の良いものではあるまい？』

「ディア姉……でも、俺はメルを危険に晒したくない」

『ラスタベル軍が侵攻してきた時は防衛を頼んでいたではないか。あの時に比べれば、まだ危険は少ないと思うがの？』

「そ、そうよ！　あれだけの魔族達と戦うより、ハイエルフ達と戦う方がまだマシだわ！」

「うっ……」

逃げ道は用意しておいたとはいえ、命の危険がある事を承知で頼み込み、実際にかなり危うい所まで追い込まれた事実に変わりはないのだ。

今や、メルディナを家族と同等に大切な者として認識しているヴィルムにとっては痛いところを衝かれた形になった事だろう。

『くっくっくっ、ヴィル坊の負けじゃな。まぁ、良いではないか。男の子《おのこ》ならば、好いた女の子《おなご》の一人や二人、守ってやれいよ』

「はぁ……わかったよ。メルは俺が守る。ただ、ハイエルフ達に狙われてる事に変わりはないんだ。一人での行動は、極力控えてくれ」

「そう来なくちゃ！……ん？」

ヴィルムが折れた事に喜ぶメルディナだったが、ふとラディアの発言に違和感を感じたらしく、それに理解が追い付くと同時に慌て始めた。

「ちょっ！　ラディア様⁉　さりげなく何を言ってるんですか⁉　ていうか、ヴィルも否定くらいしなさいよ！」

「うん？　俺はメルの事、好きだぞ？」

「へっ……？　なっ、なっ、なな何をっ⁉」

ヴィルムのストレート過ぎる肯定に、メルディナの顔はヒノリの髪以上に赤く染まり、頭からは沸騰した水の如く湯気を発しながら言葉を失ってしまう。

その様子を見ているラディアが楽しそうにニヤけている所を見ると、ほぼ間違いなくこの状況を狙っての発言だったのだろう。

「ヴィルムさん、真っ直ぐ過ぎんだろ」

『ん～……まぁ、ヴィルなら許してあげてもいいかな！』

「……お師様は、メルちゃんの事が好きなんですね」

同じく観戦者となっていた三人だが、その反応は様々である。

オーマは気恥ずかしいのか若干頬を赤く染め、ミゼリオは何故か上から目線でうんうんと頷き、クーナリアは少し残念そうに顔を伏せた。

『おや？　クーナリアはちと残念そうじゃの？　ヴィル坊は少々鈍い所がある故、はっきり言わんと伝わらんぞ？』

「そ、そんな事ないですよ？　お師様とメルちゃんが好き合ってるなら、私も嬉しいですし」

「クーナまで何言ってるのよ⁉」

最早、先程までの真面目な空気は微塵《みじん》もなく、今後の方針そっちのけでやいのやいのと騒ぐ面々。

ヴィルムの事を憎からず思っているメルディナだが、場所が場所という事もあって素直な思いを口にする事が出来ず、かといって否定するのも躊躇《ためら》われるといった状況である。

そして彼女と同じくヴィルムに師として以上の感情を持ち始めたクーナリアの方は、その師と親友が好き合ってる事を知り、複雑な思いを感じながらも身を引く決断をしたといった所だろうか。

「大丈夫だよ、メルちゃん。私は二人の邪魔になるような事はしないから、ね？」

「だから～……あぁ、もう！　ヴィルからも何か言ってあげてよ！」

何故、周囲が騒いでいるのかわからないといった様子で腕を組んで首を捻っていたヴィルムだったが、メルディナに話を振られた所で自分が感じている事をそのまま口にした。

「別に今のままでいいんじゃないか？　俺はクーナの事も好きだから、邪魔になんて思わないぞ？」

そう、自分が感じている事をそのままに。

「え……？　ふぇぇぇぇえっ!?」

「ちょっとヴィル、本気!?」

『ん～……クーナはメルと仲がいいし、認めてあげてもいいかな！』

「ヴィルムさんて……」

まさかの予想外極まりない発言に、当事者二人は面白い程に取り乱し、ミゼリオは相変わらずの上から目線で、先程まで赤面していたはずのオーマは一転して恐れを含んだ視線を送っている。

外界では基本的に一夫一妻制であるものの、王族等の例外がある為、一夫多妻制の概念は存在する。

ヴィルムは精霊女王の息子といった立ち位置なので例外として見られなくもないが、一般人側寄りであるメルディナやクーナリアにとっては受け入れ難いのかもしれない。

尤も、当の本人自身《ヴィルム》にそこまで考えがあっての事かと言われれば疑問ではあるが。

そして、ディゼネール魔皇国の王族であるオーマが恐怖の感情を持っているのは、自身では到底無理な行動二人への告白を平然とこなしてしまう、未知の存在を見た者のそれと言える。

なお、この状況を作り出した張本人《ラディア》は、我慢の限界といった様子で肩を震わせながら笑っていたが、それを咎める余裕がある者はこの場にいなかった。

＊　＊　＊　＊　＊　＊　＊　＊　＊　＊　＊　＊　＊　＊

精霊の里改め、サーヴァンティル精霊国。

『――という訳で、ヴィル坊達はハイエルフの里に向かった次第じゃや。こちらに何かあった時は報せてほしいと言うておったぞ』

ヴィルムの送還で帰還したラディアは、謁見の間とも言える大樹の元に鎮座するサティアに経過を報告していた。

その両隣に側近であるジェニーとミーニが控えており、ラディアからの報告を吟味しているといった様子である。

『ハイエルフ族がメルディナ殿を、ですか。プライドの高いあの者達が、エルフ族である彼女に固執する理由がわかりませんね』

『う～ん……むしろ、プライドを傷つけられちゃったから許せない～って感じなのかな～？』

『何にせよ、ラスタベル女帝国との繋がりが濃厚になった以上、放置する選択肢はありません。ヴィルム殿達には、このまま調査を行ってもらいましょう。ラディア、御苦労様でした』

労いの一言を受け取ると共に、ラディアの雰囲気が目に見えて弛緩《しかん》する。

『……ふ～、相変わらず堅苦しゅうて敵わんのぉ。ジェニーよ、もちっと何とかならんのか？』

『こ、こらラディア！　まだサティア様との謁見が終わった訳ではないんだぞ！』

肩が凝ったとばかりに揉みほぐしながらだらけた顔になるラディアを叱るジェニーだが、当の本人は気に留める気配すらない。

それどころか、その場で胡座《あぐら》をかいて座り込み、頬杖をつくと楽しそうに笑い始めた。

『かっかっかっ！　お主は肩肘張りすぎじゃよ。ほれ、円上をよく見てみぃ。すでに儂らの話など聞こえておらん』

『はぁ？　何を言って……あ……』

ラディアの指摘に怪訝な表情で振り返ったジェニーは、視界に入ってきた光景に思わず絶句してしまう。

そこには、生気の感じられない瞳で虚空を見つめながら、か細い声でぶつぶつと何かを呟く、女王としての威厳が微塵もなくなってしまったサティアの姿があった。

『ヴィルくんが帰ってこないなんて何でそんな事にだってこの前帰ってきたばかりだし出発する前にすぐに帰ってくるって言ってたから帰ってきたら一緒に遊べると思ってお仕事頑張って終わらせ

たのに帰ってこないなんて何でそんな事に――』

『サ、サティア様、お気を確かに！　だ、大丈夫です！　ヴィルム様ならハイエルフ達との一件が片付いたら、すぐに帰ってきますから！』

呪詛にすら聞こえる呟きにある種の危機感を覚えたジェニーが慌ててフォローを入れると、それまで微動だにしなかった彼女の身体がピクリと動く。

それと同時に呪詛も止まったかと思うも束の間、次の瞬間、まるでカラクリ人形のように首だけが回り、光の失われた瞳がジェニーを捉えた。

『ひっ⁉』

『それが片付いたら、ヴィルくんは帰ってくるの？』

『え、えぇ、もちろんです！　ヴィルム様もきっと帰りたいと思っているはずでしょうから！』

本能的に怯んでしまったジェニーだが、能面のような顔で自分を見つめるサティアに顔を引きつらせながらも、何とか落ち着かせようと説得を試みる。

その説得が効いたのか、サティアの瞳に光が戻ってきたのを見た彼女はほっと胸を撫で下ろした、のだが――、

『だったら、私達がその原因を片付けてしまえば解決ね！　ヴィルくんの大事なお友達を攫おうとする輩なんて、サーヴァンティル精霊国の全戦力を持って殲滅してあげるわ！』

斜め前方上空一万フィートをいくその決断に理解が追い付かず、一瞬、意識が飛んでしまった。

『……はっ⁉　や、やめてくださいサティア様！　ミーニ！　ラディアも！　サティア様を止める

のを手伝ってくれ！』

暴走し始めたサティアを止めようとしているジェニーがミーニとラディアに助力を乞《こ》うが、当の二人は自分達の話に夢中で聞こえていないようだ。

『それにしても～、ヴィルム様はよくハイエルフの特性に気付けたよね～。手掛かりなんて、あの首飾りと死んだ時の状況くらいしかなかったんでしょ～？』

『うむ。儂も里の誰かが教えておったのかと思ったわい。ヴィル坊の推測が正しいと知った時のメルディナ達の顔は見物じゃったの』

『ミーニ！　ラディア！　聞こえてるんだろ⁉』

尤も、ちらちらとジェニーの方を見ては意地の悪そうな笑みを浮かべているあたり、意図的なものを感じるが。

『ヴィルくん待ってて！　すぐにお母さん達も行くからね！』

『行きませんし行かせません！　不用意な行動はやめて下さ～い！』

その後、サティアを落ち着かせる為に、相当な時間と労力が費やされたという。

【12】ハイエルフの里に向かって

ヒュマニオン王国を発ってから三日目の夕刻。

現在、ヴィルム達は目的地であるハイエルフ達の拠点まで約半分といった辺りにある草原で夜営の準備をしていた。

「クーナ、もう少しそっちを引っ張ってくれ」

「んっしょっ……これくらいでいいですか？」

「よし、ここで固定してしまおう。オーマ、昨日と同じ場所を縛ってくれ」

「わ、わかった。えーっと……」

ヴィルムとクーナリアがテントを張り、手の空いたオーマが縄で固縛《こばく》していく。

意外な事に、一人旅をしていたはずのオーマは設営作業にあまり慣れていないらしく、天幕を固定するのに四苦八苦しているようだ。

話を聞くと、野宿の際は適当な木に登ったり、岩陰などで身体を休めていたらしい。

「う～ん、もうちょっと煮込んだ方が良さそうね」

『どれどれ～？　ん～っ、美味しい！　流石メルね！』

『クル～！』

「あ、ちょっとダメよ、ミオ！　ハイシェラが真似しちゃうでしょ!?」

ヴィルム達と少し離れた場所で夕飯の支度をしているのはメルディナ、ミゼリオ、ハイシェラだ。

尤も、調理をしているのはほぼメルディナであり、ミゼリオとハイシェラは味見と称した摘まみ食いに余念がない。

二人を止めようとするメルディナとのやりとりは、端から見るとなかなかに微笑ましく見えた。

テントの設営を終え、夕飯もそろそろ仕上がろうかという頃、鍋を囲っていたヴィルム達の側に、一つの影が現れた。

『ん、ただいま』

「おかえり、フー。辺りの様子はどうだった？」

『今の所は、問題ない。ちょっと危なそうな匂いは、今見てきたから大丈夫』

「そっか。なら、飯にしよう」

偵察に出ていたフーミルに労いの言葉をかけるヴィルム。

その隣に腰を下ろした彼女に、メルディナがスープをよそった椀を渡した。

「今日はカラクチドリのスープですよ。フー様のお口に合えばいいのですが……」

『良い匂い……ん、ぐっじょぶ！』

スープの味は合格だったようで、親指を立ててサムズアップするフーミル。

それを皮切りに、ヴィルム達もスープを口にし始めた。

「そういえば、ヴィルムさんは何でハイエルフの侵入に気付けたんだ？　匂いでわかるフーミルさんならともかく……少なくとも、オレは奴らの接近に全く気付けなかったんだけど」

「確かに……あの人達、完全に気配を絶ってましたよね？　お師様は何で気付いたんですか？」

ふと、思い付いたように疑問を投げ掛けるオーマに、彼と同じ事を考えていたらしいクーナリアが同調する。

あの時、ヴィルムがハイエルフ達の侵入に気付いていなければ、メルディナとミゼリオは攫われていたに違いない。

「何だ。クーナはわかってるんじゃないか」

「「へっ？　えっ？」」

「今、自分で答えを言っただろ？　あいつらが完全に気配を絶っていたから気付いたんだよ」

オーマとクーナリアの疑問に、あっけらかんと答えるヴィルムだったが、当の二人は何を言っているのかわからないという表情で首を傾げている。

「そうだなぁ……オーマ、気配と魔力は消せるか？」

「えっ？　それくらいなら出来るけど」

「じゃあ、俺は後ろを向いて目を閉じておくから、自由に動いてみてくれ」

そのまま、オーマの答えも聞かずに後ろを向き、宣言通りに目を閉じるヴィルム。

その様子に、オーマは多少、戸惑いながらも、自身の気配と魔力を消し、物音を立てないように愛用の薙刀を下段に構えた。

「武器を抜いたな。この感じだと下段に構えている」

「ッ⁉」

迷いなく動作を言い当てられた事で動揺したオーマが、額に汗を浮かべながら数歩後退る。

「四歩程下がったか。集中が乱れて隠形《おんぎょう》が雑になってるぞ」

「すごい……当たってるです」

「興味深いわね。一体、どうやっているのかしら」

メルディナとクーナリアは、背後に目があると言われれば信じてしまいそうな精度でオーマの動きを言い当てたヴィルムを驚きの目で見ていた。

「気配を完全に絶つって事は、その空間にぽっかりと穴が出来るって事だ。そいつの気配や魔力を感じる事は出来なくても、そこに発生した空白を追ってやればいい。オーマ、そのまま気配を絶ってじっとしてろ」

言われた通り、その場で気配を消して佇《たたず》むオーマ。

「メル、クーナ、今、オーマがいる位置に意識を集中するんだ。空間に漂う気配や魔力の流れが、オーマのいる所だけ遮断されている。その違和感を感じ取れ」

メルディナとクーナリアの側に移動したヴィルムは、二人がなるべく理解しやすいように説明していく。

「あ、これ、かな?」

「本当……ほんの少しだけど、違和感があるわね」

「初めてでそこまで感じ取れたんなら上出来だ。オーマ、次は俺が気配を消すから、メルやクーナと同じようにやってみろ」

「お、おう!」

オーマへの説明が二人へのそれと比べて雑に感じるのは、気のせいではなさそうだ。

そんな雑な説明でもすぐに気配遮断の違和感に気付けたオーマはセンスが良いのだろう。

「三人とも出来たみたいだな。気配遮断は隠密の基本だが、それを見破られる可能性もあるって事を頭に入れておくように」

「はい！」

「おう！」

「なるほどね、確かに盲点《もうてん》だったわ。気配遮断にこんな見破り方があるなんて……」

三人は新しい発見にご満悦のようだ。

特にメルディナの反応は大きく、いつもより目がキラキラ輝いている。

「ついでにもうひとつ教えておく。こっちは一朝一夕で覚えるのは難しいけど、知っておいて損はないだろう」

その言葉に、三人の視線が自分に向いた事を確認したヴィルムは、少しだけ口角を上げた。

「どんな手段を使ってもいい。俺を見失わないように――」

「えっ⁉」

「消えた⁉」

「いつの間に⁉」

突如、周囲に溶け込むように姿を消したヴィルムに驚く三人。

先程教わった方法を試してみるも、まだ未熟な事もあってか違和感を感じとる事が出来ない。

「どこに行ったんだ？　目で追えない速さでこの場を離れたとか……」

「いいえ、ヴィルは見失わないようにと言ったのよ。それに、身体強化なら私達も知っている事だから、改めて教える必要はないわ。必ず、この辺りにいるはずよ」

「消える寸前まで、お師様に動きはありませんでした。素早く動けば、空気の流れや音である程度の位置がわかるはずです。やっぱり、お師様は近くにいると思います」

「正解だ」

三人は議論を交わしながらもヴィルムの姿を探していたが、先程彼が姿を消した場所から聞こえてきた声に思わず振り向く。

そこには、消えた時と同じ格好で視線を返すヴィルムの姿があった。

「全員見失ってたみたいだが、クーナは正解に近かったな。俺はこの場所から一歩も動いてなかったぞ」

三人が三人とも姿を見失ってしまったにもかかわらず、その場から動いていないというのは信じ難いらしく、珍しく半信半疑の視線をヴィルムに向ける三人。

「やって見せた方がわかりやすいな……メル、クーナ、こっちに来てくれ」

「え？　は、はいです」

「う、うん」

メルディナとクーナリアを呼んだヴィルムは、側に来た二人の手をとった。

「ふぇ!?」

「ちょっ!?」

何の予告もなく手をとられた二人は、その不意打ちに頬をうっすらと赤く染める。

もちろん、ヴィルムに他意はないのはわかっているのだろうが。

「じゃあ、いくぞ――」

先程と同じく、空間に溶け込むように消えていくヴィルム。

「嘘……感触が、ある？」

「どうなってるんですか？　これ」

姿は見えないのに手を握っている感触はそのままという不可思議な状況に、メルディナとクーナリアは物珍しげに目には見えなくとも確かに繋がれている手を凝視している。

「気配と魔力を〝遮断する〟んじゃなくて、〝周囲に同調させる〟んだよ。それが出来れば、生物はそこに何もいないと錯覚する。尤も、空気の流れから大気に漂う魔素の流れ、その他にもありとあらゆる事象に同調させないといけないから、難易度は高いけどね」

再び、姿を現したヴィルムが術の要点を説明するが、彼女達にとって〝難易度が高い〟というレベルの話ではない為、十中八九理解するには及ばないだろう。

尤も、メルディナだけは駄目元ですでに実践を試みているのだが。

その後、オーマも彼女達と同じ体験をするのだが、やはりというべきか、習得するまでには至らなかった。

＊　＊　＊　＊　＊　＊　＊　＊　＊　＊　＊　＊　＊

ヴィルム達が隠形の訓練に打ち込んでいる一方で、フーミル、ミゼリオ、ハイシェラはその様子をのんびりと眺めていた。

『ハイシェラ、こっちにおいで』

『はぁイ！』

フーミルの呼び掛けに即反応したハイシェラは、彼女に抱き付くようにその膝元へとダイブする。かなりの勢いがついていたようだが、彼女はその可愛らしい見た目に反して軽々と受け止めた。

『ふふ～ん。ハイシェラは甘えん坊だなぁ～』

『ん、可愛い』

頭を撫でられて喜ぶハイシェラをからかうような口振りのミゼリオとは違い、フーミルの方は顔を綻ばせている。

ハイシェラの身体を優しく撫でるフーミルだったが、その手は双翼の辺りに差し掛かった辺りでピタリと止まった。

『……ん、もう、ほとんど治ってるね』

『うン！　もう全然痛くないノ！　主様とフー様のおかげだヨ！』

ハイシェラの元気な返事を聞いたフーミルは、安堵の吐息と共にグルーミングを再開する。

会話の内容からわかるように、ハイシェラは負傷していた。

そして、それはフーミルがヴィルム達と行動を共にしている事にも繋がる。

＊＊＊＊＊＊＊＊＊＊＊＊＊

三日前、ヴィルム達がヒュマニオン王国を発ってからの事——。

里への報告の為に一時帰還したラディアを除き、飛竜状態のハイシェラに乗ってハイエルフ達が拠点とする森を目指していたヴィルム達。

予定ではあと数時間もすれば目的地に到着するだろうという所で、それは起こった。

ハイシェラの背中で寛《くつろ》いでいたヴィルムだったが、急に厳しい表情となり、勢いよく立ち上がると同時に大声で叫んだ。

「襲撃だ！　全員ハイシェラにつかまれ！」

メルディナ達がヴィルムの指示に反射的に従ったと同時に、前方広範囲、そして下方から十数発の魔法が放たれる。

様々な属性の攻撃魔法が向かってくる中、即座にヴィルムの意図を理解したハイシェラは、メルディナ達への負荷を考えて出来る限り急旋回はせずに避けていく。

（十二……いや、十四人だな。一人一人撃破するには個々の位置が離れすぎていて時間がかかる。クーナやオーマなら一人二人相手に出来るだろうが、メルディナを庇いながらってのはキツいだろうな。ここは——）

敵戦力の分析を終えたヴィルムは、即座に現状に必要な要素を割り出し、魔力を集中し始めた。

——白き魂を持つ者よ——

彼の身体から、透明に近い白色の魔力が溢れ出し、それはハイシェラを含めた全員を包み込むように動き出す。

――我、求むは汝が存在《ちから》――

白い魔力は周囲を流れる風を巻き込み、荒々しく吹き荒《すさ》ぶ一つの渦となった。

――我が魂に寄り添いて――

その渦は、ハイシェラに向かって放たれた攻撃魔法を次々と撃ち落とし、

――仇なす者を塵芥《じんかい》に帰《き》せ――

ヴィルム達を守るように、立ちはだかった。

「降臨《アドヴェント》〈白狼姫《はくろうき》アトモシアス〉」

詠唱が完成すると同時に、空間を繋ぐゲートとなった風の渦が勢いよく弾け、フーミルが顕《あらわ》れる。

ヴィルムと目が合った彼女は、わかっているとでも言うようにコクリと頷いた。

「よし、俺とフーで敵を殲滅する！　その間、クーナ達はハイシェラと一緒にメルディナを守ってくれ！」

「はいです！」

「任せろ！」

『ん。皆、無理しちゃ、ダメだよ？』

ヴィルムがハイシェラの背中から飛び降り、フーミルが空へと踊り出る。

ハイシェラに向けて放たれる攻撃魔法も、ヴィルムとフーミルが幾分かを弾いている為、明らか

に少なくなりつつあった。

フーミル自身、飛び続ける事が出来ないが、その速さは常識を遥かに上回る。

辛うじて肉眼で確認出来るであろう距離を一瞬で詰めた彼女は、あっさりと敵——ハイエルフの首を撥《は》ね飛ばした。

そのまま力なく落ちるハイエルフの身体を足場に再び高度を上げた彼女は、次の敵を駆逐するべく空を蹴った。

対して、着地したヴィルムは、迷う事なく大地を蹴る。

ハイシェラに放たれた攻撃魔法の中で、最も到達が早かった雷槍を撃ったハイエルフに向かって。

焦ったハイエルフが雷槍を放つが、ヴィルムは予知していたとばかりに軽々と避けるとその下から掬《すく》い上げるように蹴りを放つ。

その蹴りがハイエルフの顎《あご》を捉え、首元から鈍い音が鳴ると、糸の切れた操り人形のように力なく倒れ臥した。

(次——しまったッ!)

次の襲撃者に向けて駆け出したヴィルムが感じたものは、以前にもあった、精霊達の魔力が異常な速度で減っていく現象であった。

『クルァッ!?』

何の前触れもなく襲い掛かってきた虚脱感に動揺するハイシェラ。

全身の力が思うように入らず、飛行にも影響が出てしまっている。

『う、く……これ、もしか、して……』

しかし、ハイシェラよりも衰弱が激しいのはミゼリオだ。

フラフラと力なくメルディナの肩に着地すると、そのまま座り込んでしまい、動かなくなる。

「ハイシェラ⁉　それにミオまで……まさか！」

ハイシェラとミゼリオに現れた症状に、全員心当たりがあった。

精霊の魔力のみを奪う、〝吸魔の宝珠〟。

魔力は精霊にとっての生命力と言えるものである為、ミゼリオが動けなくなってしまうのは必然。

そして、飛竜であるはずのハイシェラにまで影響が出ているのは、ハイシェラがフーミルの加護を受けて半精霊となっているからだろう。

「こりゃやべぇな。メル姉ちゃん、すぐにハイシェラを下ろした方が良さそうだぜ」

「オーマくんの言う通りです。万が一の時は、私が降りてハイシェラちゃんを受け止めるです！」

「クーナ、お願いね。ハイシェラ、すぐに降りて。このままだと貴女が持たないわ！」

『クルゥ……』

ミゼリオよりは影響が少ないとはいえ、やはりつらかったのだろう。

メルディナの指示に力なく頷いたハイシェラは、ゆっくりと高度を落としていく。

「オーマくん！」

「わかってる！　こっちは任せろ！」

しかし、ハイエルフ達もそれを見過ごす程甘くはない。

明らかに機動力が落ちたハイシェラに、いくつもの攻撃魔法が間断なく襲い掛かる。

クーナリアとオーマが魔力を纏《まと》った武器で防ぐが、至近距離の為に余波までは防ぐ事が出来ない上、二人では対処が追い付かずに数発の被弾を許してしまう。

フーミルの加護があるとはいえ、人間よりも遥かに高い魔力を持つハイエルフの魔法を完全に無効化するまでには至らず、被弾した箇所には痛々しい傷が出来ていた。

『……これ以上は、させない。〈ウィンドフィールド〉』

直後、フーミルが防衛に参戦して防壁を張るが、彼女にも〝吸魔の宝珠〟の影響が出ているのだろう。

いつものキレは鳴りをひそめ、その表情は若干つらそうにも見える。

地上付近まで降りてきたハイシェラは、背中から飛び降りてきたクーナリアとヴィルムに受け止められて何とか着地した。

すぐにハイシェラを中心に防衛陣形を組むクーナリア達だったが、フーミルの防壁を打ち抜くのは不可能と判断したのか、いつの間にか攻撃は止んでいた。

「逃げたか。フー、ハイシェラを頼──」

『ダメ』

ハイエルフ達の逃走を感知したヴィルムが、すぐに追撃をしようとするも、俯いたフーミルに腕を捕まれ、止められてしまう。

普段のフーミルであればヴィルムの指示に大人しく従うのだが、自分の眷属《けんぞく》であり、大切な家族でもあるハイシェラを傷つけられた事で、彼女の怒りは頂点に達していた。

「フー、ちゃん……？」

「うっ……」

逆立つ白髪と全身の体毛、鋭く伸びた犬歯と爪、大きく見開かれた眼光。

フーミルから発せられる殺気はハイエルフ達に向けられたものとわかってはいるものの、その凄まじい怒りを感じとったクーナリアとオーマは思わず怯んでしまった。

『ヴィー兄様は、ハイシェラをお願い。あいつらは、フーが殺《や》る』

「……わかった」

ヴィルムが承諾した瞬間、フーミルの姿は消える。

そして、僅か半刻にも満たない時間が経過した後だった。

その牙と爪はおろか、全身を赤黒く染めた彼女が帰ってきたのは……。

【13】エルフの里

魔霧の森とは違い、澄んだ空気に包まれた森の中。

暖かな陽光が木々の隙間から射し込み、風に揺れて擦れる葉の音はまるで来訪者を歓迎する音楽のようだ。

「久しぶりに帰ってきたけど、やっぱりここは変わってないわね」

そんな中、おそらくは十数年ぶりに故郷へと帰ってきたメルディナは、懐かしむような柔らかい笑みを浮かべている。

普段はメルディナの側からあまり離れないミゼリオも、興奮を抑えきれないといった様子で辺りを飛び回り、はしゃぎ回っていた。

「メルが生まれ育った森か。いい所だな」

場所こそ違えど、メルディナと同じく森で育てられたヴィルムには彼女の感情がわかるのだろう。

メルディナに釣られたかのように微笑んでいるヴィルムからは、同種類の感情が見てとれた。

「ふふっ、ありがと。それにしても、流石はフー様の魔法ね。ハイシェラに乗れないから一ヶ月《ひとつき》はかかると思ってたのに、ほんの数日で着いちゃうんだもの」

襲撃を経て、ハイシェラに乗って移動するのは危険だと判断したヴィルム達は、フーミルに補助魔法を掛けてもらい、移動速度を上げて走るという方法をとる事にした。

メルディナ達の身体への負担を考慮しないのであればハイシェラ以上の速度が出るのだが、通常一ヶ月はかかるであろう道程が数日に短縮されたのは十分な結果と言えるだろう。

「懐かしいのはわかるけど、メル姉ちゃんの里に寄っていくんだろ？　そっちは大丈夫なのかよ？」

ヴィルムとメルディナの会話に、眉に皺《しわ》を寄せたオーマが割って入る。

ハイエルフの拠点に向かう際、ヴィルム達はエルフの里を経由する事を決めていた。

故に、以前にメルディナの過去を聞いているオーマは、彼女の事を気遣ってか、その本心を探るように問い掛ける。

「正直、あまり帰りたくはないわね。でも、このままだとハイエルフ達に利用される可能性があるのは確かだし、一応、私を育ててくれた両親だから、ね」

「メル姉がそう言うならいいんだけどよぉ。無理はしちゃ駄目だぜ？」

「メルちゃん……。大丈夫！　何かあっても、私達がついてるよ！」

「そうね。頼りにしてるわ」

一瞬、翳りを見せたメルディナだが、自分を励ますオーマとクーナリアの言葉にいつもの調子を取り戻したようだった。

＊＊＊＊＊＊＊＊＊＊＊＊＊＊＊

しばらくの間、メルディナの案内で森の中を進んだヴィルム達。

先頭を歩いていたメルディナが足を止めると、それに合わせてヴィルム達も歩みを止めた。

「着いたわ。ここよ」

振り向きながらそう言ったメルディナだが、周囲を見回しても住居や入り口らしきものは見られない。

クーナリアとオーマは頭に疑問符を浮かべているのに対して、ヴィルムの方は納得したように頷いてから口を開いた。

「結界だな。母さんが作ったのと少し似ている」

「サティア様の結界には遠く及ばないわよ。せいぜい、人間や魔物の認識を逸らす程度の効力しかないわ。こっちよ」

そう言いながら、自身が指差した方向へ一歩進んだメルディナの姿が、何もない空間に呑み込まれるように消えてしまう。

クーナリアとオーマは少々驚いたようだったが、ヴィルムやフーミルが何の警戒もせずにメルディナの後を追った事で、慎重にではあるもののそれに続いて足を踏み入れた。

僅かに視界が揺らいだかと思うと、その景色は一変。

木材を主軸に作られたログハウスが立ち並び、目に入る住人達は男女問わずその全てが見目麗しい姿をしている。

突然の来訪者達に驚くエルフ達だったが、ヴィルム達のすぐ側にいた一人の男性エルフが信じられないものを見るような目をして近付いてきた。

「ま、まさか……メルディナちゃん、なのかい？」

「えぇ。本当はもう帰ってくるつもりはなかったんだけど、ちょっとだけ皆に報せておきたい事が出来ちゃったから寄ってみたの。お父さんとお母さんはいるかしら？」

「あ、あぁ！　すぐに呼んでくるよ！　いいかい？　本当にすぐ呼んでくるから、そこから動いちゃ駄目だよ？　いいね？」

男性エルフはメルディナに帰らないように何度も念を押すと、脇目も振らずに駆け出した。

その様子からはメルディナに対する悪意は感じられず、今のやりとりでこちらに注意を向けている里の住人達の瞳にも負の感情は宿っていないように見える。

「何か、思ってたのと違うな。勝手に里を抜け出したって話だったから、もっとメル姉に悪口とか嫌味でもぶつけてくると思ってたのに……」

自身が考えていた状況とは大分違っていたのだろう。

少々面食らった様子のオーマが呟くような声を出すと、彼と同じような状況を想像していたらしいクーナリアはコクコクと首を縦に振っていた。

「まぁ、そうね。一応、ハイエルフとの結婚の事も、私の事を想ってくれていたんだとは思うけど――」

「メェエエルゥウウディィィィナァァアアアアアッ!!」

クーナリアとオーマの視線に、頭を抱えて溜め息を吐くメルディナの言葉を遮って聞こえてきたのは、全力で大地を駆けているのであろう爆走音と、雄叫びに近い声であった。

そちらを向くと、先程とは違う男性エルフが両手を拡げつつこちら――メルディナに突進してきている。

見知らぬ男からメルディナを守ろうと前に出るヴィルム達だったが、他ならぬ彼女自身がそれを遮る形をとった。

「……はぁ。ホンット、変わってないわ」

げんなりとした表情で先程以上に深々と溜め息を吐いたメルディナは、手慣れた様子で突進の軌道上から身体を逸らし、足払いを仕掛けて転倒させる。

勢いがつきすぎていた為、そのエルフは顔からダイブする形となり、逆海老の態勢で地面を滑っていった。

倒れたままピクリともしなかったエルフだったが、数秒程してから無造作に起き上がると、服に付いた砂埃を払ってからメルディナの方に向き直り、口を開く。

「やれやれ、久しぶりだというのに酷いんじゃないか？　メルディナ」

本人は真面目な顔をしているつもりなのだろうが、大量についた土埃と擦り傷のせいで笑わせにきているとしか思えない状態になっている。

「あのねぇ、お父さんこそ、人前でも遠慮なく抱きつく癖、まだ治ってないじゃない。いい加減、子離れしてくれないかしら？」

「可愛い娘を愛《め》でて何が悪い！」

堂々と言い放つ彼からは、一片の迷いすら感じられない。

おそらくは何度も繰り返してきたやりとりなのだろう。

呆れた様子で半眼を向けるメルディナだったが、彼が動揺する様子は全くなかった。

「む、ところで我が娘よ。ミゼリオ様は知っているが、そちらの方々はお友達かな？」

「あぁ、やっと話を進められるのね」

ようやく父親の興奮が収まった事に安堵したメルディナは、気を取り直してヴィルム達の紹介を始めた。

「紹介するわ。まず、彼はヴィルム。私が奴隷商人に捕まった時に助けてくれた人よ。その後も私の知らなかった事を教えてくれたりして、とても頼りになる人」

「――」

一瞬、機嫌が良さそうにニコニコしていた彼の表情が固まった気がするが気のせいだろうか。

なお、メルディナが精霊獣であるフーミルよりもヴィルムを先に紹介したのは、彼らの兄妹という関係を考慮しての事である。

「ヴィルムの隣にいるのがフーミル様。信じられないかもしれないけど、風を司《つかさど》る精霊獣様よ。失礼がないようにね」

「なっ、なっ、な――ッ⁉」

（あー……まぁ、精霊獣様だって知ったら流石に驚くわよね。変な事言い出さなきゃいいけど……）

石化の状態から復活した彼が驚愕するのも無理はないだろう。

何せ、彼らにとっての信仰対象とも言える精霊の頂点が、今目の前にいるのだから――、

「帰ってきたのは彼氏を紹介する為なのかぁぁぁあっ⁉」

「いやどこをどう聞いたらそうなるのよぉぉぉおおっ⁉」

否、彼にとっては娘の彼氏らしき人物が現れた事の方が重大事件だったらしい。

＊　＊　＊　＊　＊　＊　＊　＊　＊　＊　＊　＊　＊

「いやはや、大変失礼致しました。精霊獣様の前でお恥ずかしい姿を見せてしまい、申し訳ありま

せん」

人数分のお茶が並ぶテーブルを前に頭を下げているのは、メルディナの父親、メルスである。

あの後、暴走し始めたメルスはあっさりとヴィルムに取り抑えられ、メルディナとフーミルの説得によって落ち着きを取り戻した。

勘違いした（あながち勘違いでもないのだが）御詫びにと家に招待され、現状に至る。

「本当に、あなたはメルディナの事になるとそそっかしいんですから。皆さん、ごめんなさいね？　フーミル様、ミゼリオ様、よろしければこちらをお召し上がり下さい」

『ん。貰う』

『いっただきまーす！』

奥から焼き菓子らしき物を持ってきたのは、メルディナの母親のディーナだ。

先にフーミルとミゼリオの前に配膳したのは、やはり信仰対象だからだろう。

ヴィルム達にも分け隔てなく焼き菓子を出している所を見ると他意はないようだ。

全員が茶を啜《すす》り、一息ついた所でメルスが口を開いた。

「それで、話というのは？　ようやくハルツァン様との結婚を決めてくれたのかな？」

「お父さん、それは前にも断ったでしょ？　私はあんな上から目線で命令されて、喜んで結婚する程馬鹿じゃないの」

〝結婚〟という単語が出た瞬間、メルディナはその苛立ちを隠そうともせずに顰《しか》めっ面になった。

それはメルスもわかっているのだろうが、家出に近い形で出ていったメルディナが帰ってきた事から説得する余地はあると判断したらしく、話を続ける。

「いや、しかしだな。我々エルフ族にとって、ハイエルフ様と結婚するという事は喜ばしい事であり、大変名誉な事でもある。お父さんもお前を手放したくないが、お前の為を想って――」

「だからっ！　私はそんな事望んでない！　自分達の価値観を私に押し付けないでよ！」

「メルディナ、やっぱりお母さんもお父さんが正しいと思うわ。ハルツァン様と結婚すれば、あなたは何不自由なく生きていけるのよ？　子供の幸せを願うのは、親として当然だわ」

「お母さんまで……！　しばらく会ってなかったからもしかしてと思ったけど、やっぱりこんな所に帰ってくるんじゃ――」

「メル、少し落ち着け」

「ヴィル……？」

今にも感情が爆発する寸前のメルディナを宥めたのは、ヴィルムだった。

そのまま、子供をあやすように彼女の頭を撫でると、行き場を失った感情が溢れだしたが如く、その目にみるみると涙が溜まっていく。

「メルスさんとディーナさんがメルの事を想って言っている事はよくわかりました。ですが、ここまで嫌がる彼女が嫁いだとして、本当に幸せになれるでしょうか？」

「人間族である貴方にはわからないだろうが、ハイエルフ様の一族ともなれば幸せに暮らせるのだ。今は嫌がっていたとしても、必ず、な」

「ヴィルムさん、私も夫の言う通りだと思ってますわ」

ヴィルムを真っ直ぐに見据えるメルスとディーナの眼には、一切の曇《くも》りはなかった。故に、彼らは彼らで本当にメルディナの事を想って説得しているのだろう。

「そんな！　メルちゃんの意思を無視するなんて！」

「そうだぜ！　メル姉ちゃんは人形じゃねぇんだぞ！」

『そうだー！　ワタシも反対だぞー！』

「いくらミゼリオ様の御意見であっても、これぱかりは譲れません」

クーナリアとオーマの抗議はおろか、精霊であるミゼリオの言葉にすら頑なに聞き入れようとしないあたり、相当に頭が固いという他ない。

「ハイエルフ達が、精霊達を害する存在だとしても、ですか？」

「何だと……？」

メルスとディーナの顔付きが、明らかに怒りを含んだものへと変化する。

「いくらメルディナの友人だとしても、ハイエルフ様を侮辱するなら見逃せんぞ」

「事実です。現に、ハイエルフ達はフーミルとミゼリオに危害を加えています。そして、精霊の里に攻め込んできた組織と繋がっている可能性が――」

「はんっ！　随分とあっさりボロを出したな！　ハイエルフ様達は聖樹様を御守りするというお役目があるが故、長時間外界に出る事はないのだ！」

ヴィルムの説明を遮ったメルスは鬼の首を取ったかのような表情を浮かべ、ディーナの方も冷たい視線を向けていた。

「お父さん！　ヴィルの話は本当よ！　何なら、フー様にも聞いてみるといいわ！」

『ん、ヴィー兄様の、言う通り。ハイエルフ達は、フー達の敵』

メルディナは精霊獣であるフーミルの言葉であれば、メルスとディーナも耳を傾けると考えて彼女に話を振ったのだが、返ってきたのは、期待していたものとは全く違う言葉であった。

「なっ、に、兄様だとっ!?　き、貴様！　フーミル様に何をしたんだ!?」

「あなた！　もしかしたら、メルディナやミゼリオ様も何かされているんじゃ……！」

「そ、そうか。そういう事だったのか……！」

二人が苦々しい表情でヴィルムを睨み付けている一方で、当の本人は何とも言えない表情でメルディナと話している。

「あー……何というか、やっぱり親子だな。メルにも同じ事言われた記憶があるわ」

「あ、あれは！　あの時は仕方ないでしょ!?　ヴィルが精霊様の御里を奴隷商人達にバラすなんて言うから……あっ」

ヴィルムの口から語られた過去の失態に、反射的に反論したメルディナが自らの失言に気付くがもう遅い。

「な、何という外道だ！　もう許してはおけん！　奴は俺が食い止める。ディーナ、お前は里の皆を召集してくれ！　メルディナやフーミル様達を傷つける訳にはいかんからな！」

「えぇ、すぐに戻るわ！　あなた、気をつけて……！」

心配そうにメルスを見つめながらも、意を決して外に走り出すディーナ。

「お師様！　私がディーナさんの誤解を解いてくるです！」

「オレも行くぜ！　クーを一人で行かせる訳にはいかねぇからな！」

「行かせるものか！　〈アクアバインド〉！」

ディーナを追って飛び出そうとした二人の前に、水で出来た鎖がいくつも現れる。

自分達を捕らえようと襲いくる水鎖を避ける為、大きく後ろへと跳んだ二人が体勢を立て直し、改めて突破しようと構えた所で背後から待ったがかかった。

「今から追い掛けても間に合わない。少しばかし手荒になるが、全員捕縛してから説明しよう。その方が手間も省ける」

「あー……うん。何かもう、それでいいわ」

実の両親を含め、里の住人を捕縛するというヴィルムの提案に、メルディナは色々と諦めたような表情で同意した。

「舐めるなよ！　俺一人で全員を倒す事は難しくとも、皆が来るまで足留めをする程度ならばぁぁぁあああっ⁉」

門番の如く立ち塞がっていたメルスだったが、刹那《せつな》の間に間合いを詰めたヴィルムに足首を掴まれると、次の瞬間には縦に回転しながら宙を舞う。

屋内であるにもかかわらず、勢いよく放り投げられたはずのメルスは、天井や壁にぶつかったり、床に叩き付けられる事はない。

それもそのはず。

ヴィルムの意図を汲み取ったフーミルが、絶妙な風力調整で激突や落下を防いでいるのだ。

「メル、後は任せた」

「うん。ミオ、〈アクアバインド〉」

『おっけ～！』

メルスが放ったものよりも明らかに密度の高い水鎖が彼に巻き付き、その動きを封じてしまう。

フーミルが魔法を解き、重力に引っ張られたメルスが床に落ちたものの、そこまでの衝撃はなさそうだ。

尤も、彼自身は先程の回転で完全に目を回しており、ほぼ気絶といった状態でピクピクと痙攣《けいれん》していた。

窓の外からは、エルフ達のものと思われる雄叫びが聞こえてくる。

どうやらディーナが里の住人達を引き連れて戻ってきたようだ。

「メル、この里には何人くらい住んでるんだ？」

「あ～……私が家出する前なら、五十人ちょっとだったかしら？」

「全員捕まえるのは、少しばかり時間がかかりそうだな」

続々とこちらに向かってくるエルフ達を見て軽い溜め息を吐いたヴィルムは、メルディナ達を引き連れて家屋の外に飛び出すのであった。

＊　＊　＊　＊　＊　＊　＊　＊　＊　＊　＊　＊　＊　＊　＊　＊

事態が収束を見せたのは、ヴィルム達が外に出てから半刻程経過した頃であった。

現在、エルフの里に住まう者達は全て拘束された状態にあり、彼らは等しく同じ人物を睨み付けている。

「さて、ようやく話を聞いてもらえそうだな」

彼らの視線を集めているその人物――ヴィルムが誰に向けて言う訳でもなく呟いた瞬間、一気に燃え広がる烈火《れっか》の如く、怒りに満ちた罵詈雑言《ばりぞうごん》が飛び出した。

「ふざけるな！　私達を全員拘束しておいて話だと⁉　馬鹿も休み休み言え！」
※元々、攻撃を仕掛けてきたのは彼らの方である。
「そうだ！　話を聞いてほしいのなら、まずはお前が洗脳した精霊様やメルディナちゃんを解放しろ！」
※いつの間にか、彼らの中でヴィルムはメルディナ達を洗脳した極悪人という事になっているらしい。
「精霊様やメルディナを盾にするなんて、貴様はそれでも男か⁉　恥を知れ！」
※そもそも彼らはメルディナ達を盾にするまでもなく捕縛されていた。
それらの罵声には支離滅裂なものまで混じっているが、最早彼らにそんな事は関係ないらしい。

もちろん、拘束はされているものの、口は自由なので魔法で攻撃しようとする者は複数人いるのだが、その全ては眠たげな瞳をしたフーミルにあっさりと無効化されていたりする。

「メルディナちゃん！　正気に戻るんだ！」

「精霊様！　どうかそのような奴に負けないで下さい！」

メルディナやフーミル、ミゼリオを正気に戻そうと声を張り上げる者もいるが、元より正気な三人が反応する訳もない。

クーナリアやオーマが何とか宥めようとしてはいるものの、とても効果があるようには見えなかった。

「……なぁ、エルフ族ってのは思い込みが激しいのか？」

騒ぎ出したまま全く聞く耳を持たないエルフ達の様子に、呆れのあまりに半眼になったヴィルムが、同じく呆れのあまりに頭を抱えているメルディナに問い掛ける。

「うぐっ⁉　私も同じ事したから否定出来ないわ」

ヴィルムに食ってかかった忘れたい過去を思い出した（本日二度目）事で、顔をひきつらせたメルディナはがっくりと項垂れた。

（メルの両親や故郷の人達をブン殴る訳にはいかないし……仕方ないな）

手詰まりとなってしまったヴィルムは、大きく溜め息を吐くとポツリと呟く。

「姉さん達に、頼むか」

＊　＊　＊　＊　＊　＊　＊　＊　＊　＊　＊　＊　＊

「「「誠に申し訳ございませんでしたァッ！！」」」

鍛え上げられた軍隊のように、一糸乱れぬ動きで、頭を地面に擦り付けるエルフ達。

その見事な土下座の先にはヴィルム達、そしてヒノリやラディアの姿もある。

先程、彼らは目の前で精霊獣ヒノリとラディアが召喚された事に加え、二人を召喚出来る程に膨大なヴィルムの魔力を感じ、驚愕のあまりに絶句した。

騒ぐ者がいなくなり、召喚されたヒノリとラディアが彼らの話を聞きつつ、ヴィルム達が危険な人物ではない事、メルディナ達も操られていない事、そしてヴィルムは自分達の愛する家族である事を丁寧に話した所で、先程の土下座に繋がる。

途中、二人も洗脳されているのではと言い出す者もいたが――、

『お主らが生きとるのがよい証拠じゃろ？　もし本当に儂らが洗脳されておるのであれば、今頃は……のぉ？』

というラディアの言葉と殺気を受け、硬直すると共に沈黙してしまった。

ようやく、狂わんばかりの怒りに呑まれていたエルフ達が大人しくなった事で、彼らを落ち着かせようと奔走していたクーナリアとオーマは安堵の息を吐いている。

「頭を上げて下さい。誤解さえ解ければ、メルの同郷である貴方達に危害を加えるつもりはありません」

ヴィルムの言葉を受け、恐る恐る顔色を窺いながら頭を上げるエルフ達。

怯えに近い表情をしている彼らに対し、ヴィルムの方はほとんど普段のものと大差はない。

限られた生活圏で生きるエルフ達が情報に疎いのも無理はないという考えがあっての事なのだが、もし彼らがメルディナの関係者でなければ容赦なく叩きのめしていた事だろう。

メルディナの両親と交わした会話からエルフ族の傾向をある程度掴んだヴィルムは、彼らを強く刺激するような言葉は避けつつ話し始めた。

言葉足らずな箇所はヒノリやラディアのフォローを受け、証拠のひとつとして以前回収していた首飾りを見せた所で、数人のエルフ族が動揺を露わにする。

「お、おい。俺、ハイエルフ様があれと同じ首飾りを付けていたのを見たぞ？」

「わ、私も。ちょっと前に御挨拶《あいさつ》した時、確かに付けていらしたわ」

「じゃあ、ハイエルフ様達が精霊様を捕らえようとする者達と手を組んだって話は……」

その動揺はみるみる内に全体に行き渡り、大きなざわめきに変わっていく。

しばらく議論が続いていたが、彼らの声が収まると同時に一人の老エルフが立ち上がった。

「里長のヤーサリーと申します。この度、我々の勘違いで多大な御迷惑をおかけしました事、里を代表して謝罪致します」

「いえ、こちらも配慮に欠けていました。一通りの話は聞いてもらえたので、これ以上の謝罪は必要ありません」

「正直な所、ハイエルフ様が精霊様に危害を加える存在というのは信じ難いのですが、精霊獣様の言に加えて証拠となる物まであってはそういう訳にもいきません。少々、今後の対応も考えねばなりませんな」

歴史的に永い間信じてきたハイエルフ達と即敵対するという判断は出来ないのであろう。

ヤーサリーが言葉を濁すが、その心情は理解出来る為、ヴィルム達が非難する事はない。

サーヴァンティル精霊国に侵攻してきた勢力とハイエルフ達が繋がっているのは濃厚ではあるものの、それがどんな繋がりまでかはわかっていないからという事もある。

「もうすぐ日も沈みます。せめて、今日の所は里に泊まっていって下さい。歓迎致します」

「お気遣いありがとうございます。御言葉に甘えます」

話を終えた所で出されたヤーサリーからの提案に、迷う事なく返答するヴィルム。

改めてメルディナの家に招待されたヴィルム達は、久しぶりの寝床で旅の疲れを癒《いや》すのであった。

【14】古代遺跡

翌日、環境の変化に関係なく早い時間に目を覚ましたヴィルムは、日課の鍛練《たんれん》を始めるべく外に出る。

それを出迎えたのは、井戸から飲み水を汲み上げていたメルディナだった。

「あ、おはよう、ヴィル。よく眠れた？」

「おはよう、今日は少し早いんだな」

「里にいた頃、朝の水汲みは私の仕事だったからね。つい癖で早起きしちゃっただけよ。ヴィルの方こそ、疲れは残ってないの？」

「ヒノリ姉さんとディア姉を召喚しただけだからな。戦闘で魔力を渡したって訳じゃないし、疲れた内には入らないよ」

「あのねぇ、普通はヒノリ様を御一人召喚するだけでも昏倒するわよ……？」

あの後、エルフ達の誤解が解けた所で、ヒノリとラディアは送還される事となった。

二人はそのままハイエルフ達の拠点に乗り込もうとしていたが、サーヴァンティル精霊国の警戒が疎かになってしまうというヴィルムの説得に、仕方なくといった様子で頷いていた。

昨晩起きた出来事を主軸に談笑する二人だったが、ふと口を閉ざしたメルディナが僅かに顔を伏せる。

「……ありがとね、ヴィル」

「ん、急にどうしたんだ？」

しかしよく見ると、その表情は暗いという訳ではなく、少し照れたような微笑みが浮かんでいるのがわかった。

「色々、よ。それより、ちょっと行きたい所があるの。少しだけ付き合ってくれない？」

「それはいいけど、どこまで行くんだ？　行き先くらいは報せとかないと――」

「そんなに遠くじゃないから大丈夫よ。ほら、行こ行こ！」

急かすようにヴィルムの手をとったメルディナは、集落の外に向かって走り始めた。

＊＊＊＊＊＊＊＊＊＊＊＊＊＊＊＊

集落から少し離れた森の中に、それはあった。

石材を主として造られた門型の建造物。

成人二人が通れる程の幅で組まれていたその石門の中には、地下へと伸びる階段が見える。

その周囲はおろか、内部の壁にまで植物のツタが侵食している所から察するに、長い年月の間放置されていたのだろう。

「ここは？」

「見ての通り、遺跡よ。お父さん達が産まれるずっと前からあったらしいから、エルフ族に関する遺跡だとは思うんだけど、はっきりとはわからないのよね」

ヴィルムの質問に答えるメルディナだが、彼女自身にもわからない部分があるらしく、お手上げの仕草と同時に溜め息が漏れる。

しかしそれも一瞬の事で、すぐに楽しげな笑みを浮かべた彼女は、改めてヴィルムの顔を覗き込んだ。

「ヴィルを誘ったのはね、ちょっと見てほしい物があったからなの」

「見てほしい物？」

「ついてきて。案内するわ」

そう言って、躊躇いなく遺跡の中に入っていくメルディナに続き、ヴィルムも地下への階段を降りていく。

朝日がある為、完全な暗闇にはならないものの、徐々に悪くなっていく視界と狭い空間に陰鬱《いんうつ》な印象を抱かずにはいられない。

階段を降りきった所で足を止めたメルディナが松明《たいまつ》に火をつけると、ヴィルム達の眼前にはただ広いだけの空間が広がっていた。

その広間には特に気を引くような物はないが、メルディナは迷う事なく広間の奥に向かって歩き出す。

突き当たりで足を止めた彼女が石壁に手を当てると、それは重苦しい音を響かせながら人が一人通れるくらいの入り口を形成し始めた。

（魔力に反応する仕掛け、か。だが、メルが触れるまで何も感じなかったのはどういう事だ……？）

魔力に関して抜きん出た実力を持つヴィルムが仕掛けを感知出来なかったという事実は、この遺跡を製作した者の技量が彼のそれと同等、あるいはそれ以上という事を示している。

すでに警戒の態勢に入っているヴィルムだったが、信頼するメルディナの案内がある為か、無意識の内に興味を惹かれていた。

「さぁて、ここからが本番よ。結構な数の罠があるから、私が先導するわ――ってヴィル!?」

メルディナにとっては訪れた事のある場所であっても、ヴィルムにとっては未知の場所である。

警戒態勢にあった彼は彼女を守る為に先頭に立とうとしたのだが、それが仇となった。

前に出ようと歩を進めていたヴィルムの足下から、カチリと乾いた音がする。

「……すまん」

自身の迂闊《うかつ》さと罠にかかってしまった情けなさから、何とも言えない表情で謝るヴィルムの頭上に、無数のマジックアローが出現した。

（魔力に反応する扉の直後に物理的な起動スイッチか。ここの製作者は侵入者の心理を熟知してるな）

彼自身、警戒態勢にあったものの、高度に隠蔽《いんぺい》された入り口を見た直後という事もあり、意識はどうしてもそちらに寄ってしまう。

「ヴィル⁉」

まだ中に入っていないメルディナが何とかヴィルムを助けようと手を伸ばそうとするが、罠の起動と同時に出現したのであろう透明な障壁らしきモノに阻まれてしまった。

「嘘⁉　私の時はこんなのなかったのに⁉」

どうやら、過去のメルディナも同じ罠に引っ掛かっていたらしい。

その事に妙な安心感を覚えたヴィルムは、思わずクスリと笑ってしまった。

次の瞬間、無数のマジックアローがヴィルムを標的に降り注ぐが――、

「落ち着けメル、この程度なら……」

後退するどころか前に進み出た彼は、舞うような動きで危なげなく払い落としていく。

今、ヴィルムが前に出たのは、万が一にも背後にいるメルディナに流れ矢が向かわないように気遣った為なのだが、もし、彼女の前に障壁がある事を忘れているのでなければ心配しすぎではなかろうか。

程なくして、全てのマジックアローが無力化されて消えると同時に、見えない障壁の方も消え去った。

「ヴィル！　怪我は!?」

「大丈夫だ。それよりも、勝手に動いて悪かった。反省している」

心配そうに駆け寄るメルディィナに対し、ヴィルムはばつが悪そうに首裏を掻く。

「なら良かったわ。ちゃんと罠がある位置は教えるから、勝手に動き回っちゃダメよ？」

「わかった。肝に銘じておくよ」

「それにしても……」

ヴィルムが無事だった事に安堵したメルディナは、マジックアロートラップの起動スイッチがある場所に座り込む。

「私が最初に引っ掛かった時はあんな障壁なんて出なかったわ。まぁ、あの時に障壁が出てたら今私はこの世にいないんでしょうけど……」

「この部分を踏むとさっきのマジックアローが出るのか……回避の訓練に使えそうだな。今度オーマを放り込んでみるか」

「やめてあげてね？」

少しでもミスをすれば死に至る恐ろしい訓練方法を口に出したヴィルムをやんわりと止めるメルディナ。

オーマは二度目の命の危機を救ってくれた彼女に感謝するべきかもしれない。

＊　＊　＊　＊　＊　＊　＊　＊　＊　＊　＊　＊　＊　＊

メルディナの先導で遺跡の奥へと進む二人。

彼女の記憶は正確で、罠やそれらの起動スイッチの場所を完全に覚えていた。

「ヴィル、この通路は伏せながら進んでね。壁の隙間から針が飛び出してくるわ」

「次の部屋は吊り天井になってるわ。何か投げて、一度落としてから駆け抜けるわよ」

「手前にあるのがダミーよ……と言いたいんだけど、あれは奥の方がダミーなのよね。この遺跡を造った人、本当に性格がねじ曲がってるんじゃないかしら」

しかし、話を聞いている限り、メルディナは仕掛けられた罠がどんな罠であるかまで言い当てている。

罠の位置は調べればわかるだろうが、それがどういった種類の罠なのかは実際に作動させてみなければわからないはずである。

もし、彼女が実際に全ての罠を体験しているのだとすれば、生き延びる事が難しい種類のものまであったのだが……。

「ほとんどミオが引っ掛かってたの。身体が小さいから何とかなったんだけど、私が調べている間に突っ込んでいくものだから……おかげで、重さに反応する罠以外はほぼわかってるわ」

今現在のミゼリオですら大人しくしている事は少ないのだから、当時の幼い彼女が好奇心のままに突撃していく様は容易に想像出来る。

その頃を思い出しているのだろうメルディナは、額に手をあてながら大きな溜め息を吐いた。

「ミオらしいな……それにしても、これだけ凶悪な罠があって死体のひとつもないのは妙だな。古代からの遺跡なら、探索者が全く来ないってのはありえない」

「それは私も気になってたわ。だからそれとなくお父さん達に聞いてたんだけど、どうもおかしいのよね」

ヴィルムの抱いた疑問はメルディナも感じていたらしく、すでに聞き込みをしていたようだが、その表情を見ればあまり芳しくない結果だったのだろう。

「お父さん達、この遺跡の事を〝過去の集会場か何かだろう〟って言ってるの。つまり、ここの入り口を見つけられなかったって事でしょ？　まだ百四十歳くらいだった頃の私があっさり見つけたのに、おかしいと――」

「メルの魔力にのみ、反応する仕掛け」

「えっ？」

腕を組んで考え込んでいたヴィルムの呟くような一言に、思わず振り返るメルディナ。

「正確には、〝特定の魔力を持つ者にのみ反応する仕掛け〟なんじゃないか？　俺でも感知出来ない程、巧妙に隠蔽された仕掛けを造った奴だ。それくらいの細工が出来てもおかしくはない。それなら、死体がない事にも説明はつく」

「で、でも何の為に？　魔力なんて人によって少しずつ違うから、造った本人しか入れないわよ？　それなら、罠なんて仕掛ける必要ないじゃない」

「あくまでも仮説だからな。その辺りは後で調べてみよう」

「えぇ、そうね……ふふっ」

ふと、真剣な表情で議論を交わしていたメルディナの顔が綻んだ。

何の脈絡もなく、楽しげな笑みを浮かべた彼女に、ヴィルムが首を傾げて見せる。

「やっぱり、ヴィルを連れてきて良かったって思っただけよ。貴方と一緒にいると、今まで見えなかったものが見えてくる。わからなかった事だって、真実に繋がる糸口を示してくれる。それがとても楽しくて、ね？」

「メルが喜んでくれるなら、俺は全力で手を貸すよ」

「あっ……ありがとう、ヴィル」

ヴィルムのストレートな返しに、一瞬驚いたメルディナだったが、その顔はすぐに満面の笑みへと変化していた。

「さっ、目的の場所はすぐそこよ。行きましょ！」

二人が足を踏み入れたその場所を一言で表すとすれば、まさに世界が違うと言う他になかった。

まず目を引くのは、サーヴァンティル精霊国にある霊木《れいぼく》に匹敵するであろう大樹の根らしきモノ。

部屋というにはあまりにも広すぎる空間の壁や床に張り巡らされたそれは、自らが部屋の住人であるかのような存在感を放っている。

巨木の根が所々に露出している壁には、何を表しているのかもわからない紋様が羅列《られつ》されており、それが空間の不可思議な雰囲気に拍車をかけていた。

そして、最奥には何かを祭り上げる為に造られたであろう台座があり、その上にはアメジストで作られたかのような紫色の宝玉が置かれていた。

「ここが、私が冒険者になった理由。この文字にも見える紋様は何を表しているのか。この遺跡は何を目的として造られたのか」

壁の紋様を優しく撫でながら歩くメルディナの後ろをヴィルムがついていく。

「結構な数の遺跡を巡ったり、昔の文献を漁ったりしてみたけど、これと同じどころか似たようなものすら見つからなかったわ。まぁ、それはそれで楽しかったんだけどね」

「それで俺を連れてきた訳か」

「そういう事。本当はお父さん達に会いたくなかったから、もっと後にしようと思ってたんだけど、そうも言ってられなくなっちゃったから……。だったら、少しだけ付き合ってもらおうかなーって」

「……期待に応えられなくて申し訳ないが、俺も見た事がないな。少なくとも、俺達の国には存在しない」

「そっか。ヴィルでもわからない、か」

ヴィルムの返答を聞いたメルディナは、僅かに顔を伏せる。

「あぁいや……ディア姉達なら何か知ってるかもしれないから、一度聞いてみるよ」

「ヴィル、今、早朝だって忘れてるでしょ？　こんな時間に連絡したら迷惑にならない？」

顔を伏せた彼女が落胆したように見えたらしい。

少し気まずそうな表情になったヴィルムは代案を出すが、他ならぬ彼女自身に止められてしまう。

「そ、それもそうか」

自身が狼狽《うろた》えていた自覚はあったらしいヴィルムは、照れ隠しなのか頬を掻いた。

「ふふっ……ありがとね」

「いや、結局俺もわからなかったし、礼を言われる事じゃ――」

「でも、協力してくれたでしょ？　それにお父さん達も説得してくれたし、ね？」

「納得させたのはヒノリ姉さんとディア姉だけど？」

「そうだとしても、ヴィルがいなかったらヒノリ様達の説得もなかったわ。それに、お父さん達が怪我しないように戦ってくれてたわよね？」

「……流石にメルの両親や知り合いを殴る訳にはいかないだろ」

本来、ヴィルムは敵対者に対して一切容赦しない。

例えば、あの時エルフ達が操られていたとしても、殺さない程度に叩きのめしたり恫喝《どうかつ》するなりしていたはずだ。

その彼がエルフ達に気遣いを見せたのは、メルディナの家族、そして同郷の者達であったからに他ならない。

一連の行動からもわかるように、メルディナという存在はヴィルムにとって精霊達《大切な家族》と同等の位置にまできていた。

「ハイエルフ達との件が片付いたら、また一緒に来てくれるか？」

「もちろんだ。今度はヒノリ姉さんやディア姉も喚ぶから、何かわかると思うぞ」

「そういう意味じゃないんだけど……まぁいいわ」

そしてメルディナもまた、ヴィルムに対する感情が仲間に対する以上のものに変化しつつある。

「さてっと、皆が起きてくる時間だし、そろそろ戻ろっか」

「……あぁ」

自身の感情を知ってか知らずしてか、機嫌が良さそうに笑うメルディナと、その笑顔につられたのか小さく微笑むヴィルム。

成果の有無にかかわらず、今回の探索に満足した二人は、次回の探索に思いを馳《は》せながらその場を後にした。

＊　＊　＊　＊　＊　＊　＊　＊　＊　＊　＊　＊　＊　＊

二人が立ち去った後、扉が閉められ、暗闇に閉ざされたはずの部屋がうっすらと照らされる。

光源を辿れば、そこにあるのは先の台座に置かれた紫色の宝玉。

暗闇の中で淡く光る宝玉には、不可思議であり、どこか神秘性を感じずにはいられなかった。

【15】ハイエルフの里

エルフの里に戻ってきた二人の耳に、何やら言い争うような声が聞こえてくる。

「ですから、メルディナは出掛けております。いつ戻ってくるかもわからないのです」

「嘘を吐くな。あの者が帰ってきているのはわかっているのだ。隠しだてするとは、貴様らはいつからそんなに偉くなった？」

声色からして一人はメルスだろうが、もう一人の声には聞き覚えがない。

メルディナを探している口調から警戒し、彼女を後ろに庇う形で歩を進めたヴィルムを視界に捉えたメルスがアイコンタクトで隠れるように訴えるが、少しばかり遅かった。

振り返った彼の顔はエルフ族と同じく整ったものであり、それに加えて額に埋め込まれたエメラルドのような翠石が、彼の種族を物語っている。

「フンッ、やはりいるではないか。一体どういうつもりだ？」

「たった今、散歩から帰ってきた所でね。別にメルスさんが嘘を吐いていた訳じゃねぇよ」

目を細めるハイエルフとメルスの間にヴィルムが割って入り、真っ向から睨み合う。

しばらくの沈黙の後、先に口を開いたのはハイエルフの方だった。

「そうか、貴様が彼女を連れ帰ったという人間族の男だな？　丁度良い。我らの長が御呼びだ。貴様も一緒に来てもらおうか」

「従う義理はねぇな。用があるなら、そっちが来たらどうだ？」

「ぬっ、ぐっ……！」

ヴィルムの物言いは、ハイエルフの自尊心を逆撫でするには十分だったのだろう。

歯を食いしばって必死に堪えている様子を見るに、その長とやらからの命を果たす為に怒りを我慢しているといった所か。

「……とにかく、来てもらわねば困る。我らは長い間聖樹様の側を離れる事が出来ない身体なのだ」

「あの首飾りがあれば自由に動き回れるだろう？　下っぱ共が持っていて、その長が持っていない訳がないよな？」

ここで、ヴィルムは核心を衝く爆弾を投下する。

もし、ハイエルフ族がラーゼン達と繋がりを持っているならば、たとえ隠そうとした所で綻びが見えるはずだ。

しかしハイエルフの見せた反応は、ヴィルムの予想通りとは言い難いものであった。

「その件についての話だ。あれは奴らが首飾りおもちゃを手に入れて暴走した、としか言いようがない」

「……随分とあっさり認めるんだな」

「不本意ではあるが、な。我らは不干渉を決め込めば良いと思っていたのだが、我らの長がどうしても謝罪したいと言うのであれば従う外ない」

言葉通り、このハイエルフも全てを納得している訳ではないのだろう。

苦々しい、ふてくされたような彼の表情がそれを物語っていた。

その様子を見て、次の一手を考えていたヴィルムの後ろから、庇われていたメルディナがそっと耳打ちする。

「（ヴィル、ここは話に乗っておきましょう）」

「（大丈夫か？　奴の言葉が演技だって可能性もあるぞ？）」

「(だとしても、こっそり潜入するよりも、招かれたふりをして堂々と歩き回れる方が効率は良いと思うの)」

メルディナの提案は確かにメリットが大きいものの、敵陣の真っ只中にメルディナ自身を晒してしまうデメリットも存在するという点がヴィルムの決断を鈍らせていた。

「(ヴィルが私を心配してくれてるのは嬉しいわ。でも多少の危険があるかもってだけで、精霊様達に害となるかもしれない存在を放置するつもり?)」

「(それは……)」

「(それに、もし何かがあったとしても、ヴィルが守ってくれるんでしょ?)」

「……あぁ、そうだな」

悪戯っ子のように笑うメルディナを見たヴィルムはゆっくりと頷くと、改めてハイエルフを見据える。

「わかった。その招待を受けよう。ただし、俺とメルディナの他にも何人か連れていく」

「いや、流石にそれは……いや、わかった。すぐに向かう故、手早く準備をしてくれ」

招待されていない者を聖域に入れたくないのだろう。

ヴィルムの条件を反射的に断ろうとしたハイエルフだったが、まずは長の命令を遂行する事が先決と考えたのか、不承不承ながら聞き入れた。

その後、朝食の準備をしていたクーナリア達に声を掛け、まだ寝室で眠りこけていたミゼリオを起こしたヴィルム達は、先程のハイエルフに連れられて彼らの聖域に向かうのだった。

＊＊＊＊＊＊＊＊＊＊＊＊＊＊

陽の光をも遮る大樹に囲まれた場所。

そこだけを聞けば暗闇に包まれた森の中といった印象を受けるのだが、その場所は不思議な光によってある程度の明るさを保っていた。

光を辿れば、周りを取り囲む大樹よりも二回り以上巨大な樹がうっすらとした水色の光を放っているのがわかる。

そして、その巨大樹の元には、数人のハイエルフ達が集まっていた。

「ようこそおいで下さいました。我々ハイエルフ一同は精霊獣様とミゼリオ様を歓迎致します」

進み出た一人のハイエルフの男性が、フーミルとミゼリオ以外に対して明確な拒絶の意を含めた言葉と共に頭を下げる。

そのあからさまな態度に、気の短いオーマは頬をピクピクさせているが、隣にいるメルディナとクーナリアが宥めているおかげで何とか飛び掛からずに済んでいるといった所だろうか。

対して、ヴィルムは冷静にハイエルフ達を観察していた。

内包されている魔力や動いた際の一挙手一投足から、ある程度の実力にあたりをつけていく。

殺気に近いものを向けてくる者もいたが、あえて反応を見せずにさらりと受け流す事で、こちらの実力を誤認させるのも忘れない。

「お前達、我が呼んだ客人に対して何たる態度か」

奥から出てきた男の一喝《いっかつ》により、周囲にいたハイエルフ達が全て跪《ひざまず》く。

暗がりから姿を見せたのは、彼らに比べると少し年若い印象を持つハイエルフだった。

周囲のハイエルフ達と似たような顔立ちや衣装ではあるものの、額に埋め込まれた藍玉《あいだま》のような石が他のハイエルフ達とは違った存在である事を示している。

「久しいな、我が婚約者よ」

「そのお話はお断りしたはずですよ？　ハルツァン様」

周囲のハイエルフ達がメルディナを睨み付けているのに対し、ハルツァンと呼ばれたその男性は楽しげな笑みを崩さない。

「くっくくっ。ハイエルフの次期族長である我を前にしてその態度……やはりお前こそ我が妻となるに相応しい」

「お褒め頂きありがとうございます。ですが、私にその気は全くございませんので、どうか諦めて下さいませ」

「お前の意見は聞いておらんよ。我がお前を妻にと言ったのだ。お前は我が妻になる以外の選択肢などありはせんよ」

「はっきり申し上げますと、妻に迎えたい女の意見すらも全く聞き入れないハルツァン様に対してこれっぽっちの愛情もありませんので、全力でお断り致します」

メルディナが拒絶の言葉を口にする度、周囲に控えるハイエルフ達の怒りが高まっていくが、当事者であり族長の息子でもあるハルツァンが笑みを崩さないので動けないようだ。

ヴィルム達も、メルディナが助けを求める素振りがないので口を挟もうとはせず、ハルツァンを見据える程度に留めている。

先に折れたのは、ハルツァンの方だった。

「ふっくっくっくっ。気丈な事よ。まぁ、良い。此度、お前達を呼んだのは他でもない。我らハイエルフ族の一部の者達が暴走し、精霊獣様に多大な御迷惑をお掛けした事について、謝罪がしたい」

「それでしたなら、私などに構っている暇はなかったのではございませんか？　精霊獣様をお待たせして女を口説くなんて、誉められた行為ではありませんよ」

ようやく終わったとばかりに溜め息を吐いたメルディナは、最後に嫌味を投げ掛けると、ハルツァンの視界から外れるように後ろへと下がっていく。

「ふむ、未来の妻の言う事も尤もよな。皆の者、客人達を我が部屋に招く。無礼な振る舞いは控えよ。よいな？」

「「「はっ!!」」」

ハイエルフ達の返事を聞き届けたハルツァンは、ついてこいとばかりに歩みを進めるのであった。

＊　＊　＊　＊　＊　＊　＊　＊　＊　＊　＊　＊

ハルツァンの住居へと向かう道中、ヴィルムは怪しまれない程度に周辺を観察していた。

エルフの里と同じく木材を中心に建てられた住居が所々に点在しているが、あちらに比べると活気というものが感じられない。

しかし、大気中に含まれる魔力はかなりのもので、魔霧の森のそれには及ばないものの、外界としては相当な濃度である。

（今の所、妙な気配はない、か。少なくとも、こいつ《ハルツァン》の態度に何かを隠そうとしている様子は見られないが……）

自陣の奥に誘い込んでの襲撃や証拠の隠蔽を警戒していたヴィルムだが、ハイエルフ達にそれらしい動きはない。

（気になるのは、ハイエルフ達の襲撃を知っていた事。ハイエルフ特有の、遠見の魔法や何らかの手段がある可能性も否めないが、どうにも引っ掛かる）

思考しつつ、疑念の眼差しで先導するハルツァンを見るが、彼はわざとらしい程に気付かない。

（とにかく、今はこいつの話を聞くべきだな）

ハルツァンの部屋は殺風景という言葉がぴったりであった。

しかし質素という訳ではなく、人として生活していく上で必要となるであろう数少ない家具の品質はかなり高いものばかりである。

自然の恵みを頂戴して生きている自分達に、過度な装飾や調度品は必要ないという事らしい。

「精霊獣様。ミゼリオ様。此度の我が同胞の犯した所業、奴らに代わり、我が謝罪致します」

全員が床に座った所で、ハルツァンが頭を下げた。

崇拝する精霊に向けてのものとはいえ、プライドが高い種族であるハイエルフの族長の息子が他種族の前で頭を下げる姿は珍しいという言葉では表現しきれないだろう。

『謝るならワタシじゃなくてメルにでしょー！　いくらメルが可愛いからって誘拐しようとするなんてー！』

『ん。それに、ハイシェラも傷つけた。ちゃんと謝らないと、許さない』

しかし、この二人にとってはそんな事よりも自分の大事な家族、親友が傷つけられた事の方が重要であるようだ。

「……我が妻メルディナと、ハイシェラと言ったか。すまなかったな」

再び、今度はメルディナとヴィルムの懐から顔を出すハイシェラに向けて頭を下げるハルツァン。

「一応、謝罪は受け取ります。ですが、妻になるつもりはありません」

『メルが許すなラ、ハイシェラも許ス』

若干の躊躇いはあったものの、彼が謝罪する姿を見て僅かに場の空気が弛緩する。

そんな中、ヴィルムはハルツァンに対する警戒を更に強めていた。

（「フー、反応せずに聞いてくれ」）

（『ヴィー兄様？　わかった』）

フーミルが動揺しないように心の準備をさせる為、一呼吸置いてから念話を送る。

（「こいつは、何故ハイシェラを知っている？」）

メルディナとミゼリオを除き、ヴィルム達とハルツァンは初対面である。

移動の時間が短かったか、はたまた単に興味がなかったのか、少なくとも自分達の名前をハルツァンに教えた記憶はない。

（『ん。確かにおかしい。フーの事は、精霊獣様って、呼んでたのに……聞いてみる？』）

（「問い詰めるのも手か……いや、そうなると手に入る情報が少なくなるかもしれない。まずは、こいつの話を聞いておく方が良い、か」）

（『わかった。じゃあ、フーが話を、聞く』）

（「あぁ、頼むよ」）

彼らにとっての信仰対象である、精霊獣《フーミル》が話の主導権を握った方が情報を引き出しやすいという事だろう。

『ハルツァン。貴方に、聞きたい事がある』

「我にわかる事であれば、何なりと」

『今回の事、知ってる事は、全部教えて』

フーミルからの問い掛けは予測出来ていたらしく、ハルツァンは特に慌てる様子もなく話し始めた。

「わかりました。まずは我が妻を攫おうとしたハイエルフ達……あの者達は同胞に間違いありませぬ。以前より我が求婚を断り続ける妻に苛立ちを抑えようともしていなかった者達故、無理矢理にでも我が元に連れてくるつもりだったのでしょう」

「妻になる気はないと何度言えば……」

何度断られても頑として呼び方を変えないハルツァンに、うんざりしながらも訂正を入れるメルディナ。

「あの者達が所持していた首飾りですが、あまり詳しい事はわかっておりませぬ。我らが調べてわかったのは、あの首飾りを付ければ聖樹様から離れても長期間活動出来るという事。そして、あの者達に接触していた外部の者がいたという事、くらいですな」

「その接触していたという人物だが、一体どうやってここまで入り込んできたんだ？」

ハルツァンの言葉端から、これ以上自分から情報を吐くつもりがないと判断したヴィルムが揺さぶりを掛ける。

「俺達がエルフの里に入った事はわかっていたんだ。あんた達には、森への侵入者を察知する何らかの手段があるはず。全く気付かなかったって事はないんじゃないか？」

「鋭いな。お前の推測通り、我々ハイエルフ族には聖樹様を通じて森の様子を把握する能力がある」

言葉の上では驚いているものの、彼の表情に変化はない。

「だが、この外部の者についてはわからんのだ。何もなかった場所に突如として現れ、次の瞬間にはその姿を消す……考えられる手段は空間魔法だが、いかんせん使える者が極端に少ない魔法であるが故、断定は出来ぬといった所だ」

ヴィルムの隣に座っていたフーミルの耳が、ピクリと動く。

（空間、魔法？）

彼女の脳裏を過ったのは、自分よりも幼い精霊獣、ヨミと名乗った子の姿。

彼女との戦闘中、絶対に回避不能だったはずの攻撃から逃れた事や、去り際に出現した空間の裂け目。

それらは間違いなく空間魔法によるものだと断定出来るが、フーミルは頭を振ってその可能性を否定する。

（あの子は、フー達の住んでる場所を、知ってるみたいだった。もし、あの子が敵だったら、直接里を襲ったり、ヴィー兄様達の背後を突いたり、出来たはず。それに――）

彼女を庇った、敬愛する兄ヴィルムと同じ、特殊な容姿を持つ青年。

少なくともフーミルには、あの幼い精霊獣が懐いていた彼が、精霊達を狩ろうとする者達に加担しているなどとは考えられなかった。

彼女が頭を悩ませていると、大体の方針を決めたらしいヴィルムが提案を口にする。

「あんたの言い分はわかった。だが、それを丸々信じ切れる証拠がない以上、この〝聖域〟とやらを調べさせてもらいたいんだが？」

「断る、と言いたい所だが、精霊獣様とミゼリオ様に信用して頂く為だ。許可しよう。ただし、我らもお前達を信用出来んのは一緒だ。監視として二名程、つけさせてもらうぞ」

お互いがお互いを信用出来ない今の状況では妥当な落とし所と言えるだろう。

「それと、ただ待っているのも退屈だ。お前達が調べている間、我が妻との茶会を希望する」

しかし、その後に続くハルツァンの言葉を聞いたヴィルムは、露骨に顔を歪ませた。

「ことわ――」

「わかりました。少しの間だけ、お付き合いします」

感情のまま、拒否しようと口を開き掛けた時、他ならぬメルディナが了承してしまう。

反射的にメルディナの顔を見るヴィルムに対して、ハルツァンの表情には明らかに喜色が表れていた。

「ほう、これは僥倖《ぎょうこう》。ついに我が妻になる決心がついたか？」

「なりません。念の為、ヴィル達がここを調べている間、私がハルツァン様の監視役になるだけです。ミオが一緒なら、ハルツァン様も迂闊な真似は出来ないでしょう？」

「くっくっくっ。ミゼリオ様まで交えての茶会か。これは我自ら準備をせねばなるまい。そちらの監視につける者にも声をかける故、しばし待っているがよい」

最早決定事項とばかりに立ち上がったハルツァンは、余裕を見せつけるようにして部屋を出ていった。

足音が聞こえなくなってから少し間を置いた後、ヴィルム達がメルディナに詰め寄る。

「メル、一体何を考えている⁉」

「そうだぜ！　あいつらはメル姉ちゃんを狙ってるかもしれないってのに！」

「メルちゃん……」

苛立っているヴィルムとオーマ、そして心配そうな顔のクーナリアに囲まれたメルディナは焦りつつもその意図を話し始めた。

「さっきも言ったけど、ハルツァン様の監視と行動の制限が目的よ。ヴィル達が調べている間、妙な真似をさせない為にね。尤も、あの様子じゃ本当にただのお茶会になっちゃいそうだけど」

現状、ハルツァンの様子からは、ヴィルム達を痛めつけようとしたり騙そうとする害意は感じられない。

プライドの高さから来る他種族を見下したような感覚はあるものの、それだけと言ってしまえば終わりである。

「確かに、あのハルツァンって奴はメル姉ちゃんにゾッコンって感じだったけどよぉ。それはそれで危ないんじゃねーか？　男と女が二人きりって……」

『ちょっとオーマ！　アンタ、ワタシがいるって事を忘れてんじゃないでしょーね⁉　メルに何かしようってんなら、ワタシがとっちめてやるんだから！』

「おわっ⁉　ちょっ！　やめろって！」

「とまぁ、もし何かあってもミオがいるし、何とかなるわよ」

オーマの持った懸念にはミゼリオが怒りの形相で反論し、彼を仮想ハルツァンに見立てて襲い掛かった。

二人のじゃれあいを見てクスリと笑いながら続けるメルディナ。

「少なくとも、本当にハルツァン様が黒幕だったとしても殺される事はまずないわ。私を殺すのが目的だとしたら、わざわざ誘拐する必要がないもの。それに――」

微笑んだまま、何かを言おうとしているヴィルムに近付いた彼女は――、

「もし最悪の場合になっても、ヴィルが助けてくれるでしょ？」

その口元に、人差し指をあてて言葉を封じ込めた。

【16】調査

ハルツァンの家を出たヴィルム達を待っていたのは、監視役として選ばれたアルテーとナズリーという二人のハイエルフだった。

族長の息子であるハルツァンの命令がある為か、ヴィルム達を見下したような目で見ているものの、こちらの要望には応じる様子だったので、襲撃してきた者達の家に案内してもらっている。

移動の最中でも、情報収集に余念がないヴィルムが口を開く。

「そういえば、あんた達の族長はどこにいるんだ？　ここに来てからまだ見かけていないが」

「族長様は病《やまい》を患っている為、御療養されておられる。故に、現在はハルツァン様が我々の指揮をとっておられるのだ」

信仰対象である精霊達との対談にも姿を見せず、聖域という重要な場所を他種族に調べさせるという決断までハルツァンが行っていた事に対する疑問。

無表情のまま答えるアルテーとナズリーの様子からは、彼らが嘘を吐いているかどうかは判断出来ない。

その他にも話を振って情報を引き出そうとするヴィルムだったが、返ってくる答えはどれも今回の件に関係なさそうなものばかりであった。

「ここが外部の者と接触した同胞の家だ」

そうこうしている内に目的地に着いたらしい。

家の状態から見て、最近まで使用されていたのは間違いないだろう。

更に、玄関の前が手入れされていない事からは、数日間、人の通りがなかった事がわかる。

「好きに見て回らせて構わないと仰せつかってはいるが、出来るだけ散らかすなよ。片付けなんぞしたくはないからな」

アルテーの嫌味を背に、その家へと入ったヴィルム達は早速周囲を調べ始めた。

「クーナとオーマは二階を調べてくれ。何か見つけたら、俺かフーを呼んでその場で待機だ」

「はいです！」

「おう！」

「フーはハイシェラと向こう側の部屋を頼む」

『ん、わかった』

『了解だヨー』

出された指示に従い、散らばる面々。

それを確認したヴィルムは、フーミル達とは逆方向に向かって歩みを進める。

（さて、奴らが黒ならこの家では何も見つからないだろうな。証拠を残したまま俺達を連れてくる訳がないし……証拠は隠蔽されたものと仮定して、その痕跡でも見つかれば上々といった所か）

ハルツァンの家と同じく、然程《さほど》家具が揃っていないので調べる場所は少ない。

それでもヴィルムは、家具を動かした跡や、この家に住んでいた者がいなくなってから誰かが侵入した形跡がないかに重点を置いて調べていた。

その場の調査を終え、次の部屋に移動しようとしたヴィルムは階段を降りてきたクーナリアとオーマに鉢合わせる。

「ヴィルムさん、二階には寝室だけだったよ。その寝室にもベッドがあるだけで調べる場所すらねーや」

「お師様、二階には特に何もなさそうです」

「そうか。一応、俺も後から覗いてみる。二人はこのまま俺に付いてきてくれ」

二人が頷いた丁度その時、ヴィルムの前にふよふよと空中を漂うように飛んできたのはハイシェラだった。

『主様ー？　フー様が呼んでるヨー？』

「わかった。こっちは後回しだな。まずはフーの所に行こう」

ハイシェラに付いていったヴィルム達は、部屋の隅で床に座り込んでいたフーミルと目が合う。

『ヴィー兄様、ここ』

彼女が示す場所を軽く叩いてみると、他の場所とは違った、僅かに響くような音が返ってきた。

「何かあるな……フー、監視役の二人は？」

『大丈夫。今は外にいる。〈サイレンスムーブ〉』

ヴィルムの意図を察したフーミルは、消音の魔法で外に音が漏れるのを防ぐ。

同時に、ヴィルムは素早く拳を打ち付けて床板を破壊した。

「地下室、か？」

案の定、床板を壊した先には地下へと続く空洞。

縄梯子《なわばしご》を使って降りた所で、ヴィルム達の目が見開かれる。

「こ、これって……！」

「まさ、か……」

「あぁ、間違いなさそうだな」

そこにあったのは、黒く濁り掛けた紫の光を放つ大量の魔鉱石。

そう、ラスタベル女帝国の兵士達や、オーマも含めたディゼネール魔皇国の奴隷兵達が身に付けていたものと同じである。

まだ精製されていないらしく不純物が混じっているものの、その禍々《まがまが》しい感じは間違いようがない。

「ハルツァン達はどうだかわからないが、少なくとも侵略者達との繋がりははっきりしたな。一度戻るぞ。まずはメルの安全を確保する。他を調べるのはそれからだ」

その言葉に頷いた面々は、すぐに縄梯子を登って先程の部屋まで戻った。

そのまま、先頭を歩くヴィルムが外に出ようと玄関口から一歩を踏み出したその時、甲高い金属がかち合うような音と共に、家の周辺を取り囲む光の壁が現れる。

「ちっ！」

舌打ちと共に拳を繰り出すヴィルムだが、僅かに亀裂《きれつ》が入っただけで破壊するまでには至らない。

それどころか、小さな亀裂はみるみる内に修復され、一瞬で元通りになってしまった。

『多分、聖樹の力を使った、封印結界。これを壊すのは、ちょっと時間がかかりそう』

ヴィルムと同じく光の壁に向けて攻撃魔法を放ったフーミルも、復元されていくそれを見て苛立たしい表情を浮かべた。

そこに、相変わらず無表情のままのアルテーとナズリーが歩み寄る。

「精霊獣様。申し訳ありませんが、もうしばしの間、御辛抱を」

「これも精霊獣様、延いては世界中に存在する精霊様の為なのです。どうか、御理解下さい」

「ふざけんなテメェら！　さっさとここから出しやがれ！」

「そうです！　メルちゃんに酷い事したら、許さないですよ！」

精霊獣であるフーミルには気を使っているようだが、他のメンバーはまるで視界に入っていないとでもいうような態度だ。

出せと叫んだ所で出してくれる訳がないと理解しているヴィルムが次々に渾身の打撃を叩き込むが、光の壁を破壊出来る気配はない。

「無駄な足掻きだ。聖樹様の御力で作られた結界だ。精霊獣様であっても破壊するのは困難であろう結界を、貴様ごとき人間が壊せるものではない」

呆れ混じりに溜め息を吐くナズリーの言葉を無視しながら打撃を続けるヴィルムだったが、ふと、その動きがピタリと止まる。

クーナリア達がどうしたのかと彼の顔を見上げるが、その視線はハルツァンの家があった方に向

いており、表情を伺う事は出来なかったが――、

「メルの魔力が……消え、た？」

その一言で、彼の感情を察するには十分であった。

＊　＊　＊　＊　＊　＊　＊　＊　＊　＊　＊　＊

時は少し遡り、ヴィルム達が調査を開始した頃。

メルディナとミゼリオはハルツァンのもてなしを受けていた。

テーブルに並ぶ瑞々《みずみず》しい果物に加え、ハルツァン自らが淹れたお茶が注がれたティーカップ。

それらを美味しそうに頬張るミゼリオとは対極に、メルディナは口を付けようとはしない。

「どうした？　我が妻よ。これらはミゼリオ様にはもちろん、お前の為にも用意したのだ。遠慮なく食してよいのだぞ」

「妻にはなりませんってば。本当にハルツァン様は物好きですね。貴方から見れば、私なんてただの小娘じゃないですか。どうしてここまでして下さるんですか？」

精霊であるミゼリオが止めない為、毒入りの可能性は少ないが、出来る事なら口に入れたくないメルディナは以前から持っていた疑問を含めて話題を逸らそうとする。

「何だ、そんな事か」

その質問に口元をフッと緩ませたハルツァンは、ゆっくりと茶を呷《あお》って一呼吸置くと、メルディナの顔を見つめた。

「我が、お前の全てが欲しいからだ。他のエルフ族とは違う好奇心旺盛な性格、我が求婚を堂々と拒否する胆力、そして何より……あの遺跡を攻略出来る程の実力」

「っ⁉」

メルディナの顔が驚愕に染まる。

彼女が遺跡を攻略した時、他者が立ち入った形跡は全くなかったからだ。

「知らないとでも思っていたか？」

ハルツァンの表情は今までと違い、獲物を見るような目付きになっていた。

反射的に立ち上がろうとしたメルディナだったが、何故か足に力が入らず、フラついてしまう。

テーブルを支えに辛うじて堪えた際に彼女が見たのは、いつの間にかカップにもたれかかって眠っているミゼリオだった。

それと同時に、メルディナの視界も揺らぎ始める。

「何、で……？」

ハルツァンが用意したものをパクパク食べていたミゼリオはともかく、口をつけてすらいない自分にまで襲い掛かる強烈な眠気に戸惑うメルディナ。

「我が精霊様に毒物を出す訳がなかろう。少々、特殊な香を焚《た》いただけだ。身体に害はない。ミゼリオ様を巻き込むのは心苦しいが、これも世界中の精霊様方を御守する為。致し方あるまい。さて――」

深い眠りに落ちているのであろうミゼリオに申し訳なさそうにしていたハルツァンの目が、メルディナを捉える。

「我が妻よ。精霊様方を御守りする為に、我とひとつになろうではないか」

（ヴィル……ごめん……）

必死の抵抗もむなしく、彼女の意識は深い闇へと堕ちていった。

【17】捕らわれたメルディナ

「お師様!?　今、メルちゃんの魔力が消えたって……！」

「マジかよ!?　やっぱりあの野郎敵なんじゃねーか！」

ヴィルムの呟きを聞いていたクーナリアとオーマは目に見えて狼狽《ろうばい》していた。

特に親友であるクーナリアの反応は凄まじく、目を白黒させながらヴィルムにすがり付くような体勢だ。

「……あぁ、文字通り消えた。とにかく、まずはこの結界から出ない事には話にならない」

気付いた瞬間は動揺していたヴィルムだったが、自分よりも激しく動揺しているクーナリアを見て幾分か落ち着きを取り戻したらしい。

「話を聞いてなかったのか？　この結界は聖樹様の御力を御借りして張っているのだ。精霊獣様ですらこれを破壊するには相当の時間を要するはずだ。無駄な足掻きは見苦しいぞ」

「大人しくしていろ。万が一、この結界を抜け出した所で、あのメルディナというエルフを助ける事など出来はせん」

その様子を無表情で眺めていたアルテーとナズリーが警告を発するが、それに従うヴィルム達ではない。

「さて、それはどうだろうな？」

「……何？」

諦める所か、不敵に笑うヴィルムの姿に、無表情だったアルテーの眉がピクリと動く。

ナズリーも表情に変化こそないが、その視線はヴィルムを捉えて放さない。

「たった今、解決案はお前が提示してくれたよ。フー」

『ん、わかった』

名前を呼ばれたフーミルは、ヴィルムの意図を悟り、両手を結界に向けて差し出した。

「……本当に聞いてなかったらしいな。いいか？　この結界は、いくら精霊獣様であろうともそう簡単には――」

「それは、フーが一人でやる前提での話、だろ？」

両手を結界に向けたフーミルの背中に、ヴィルムが触れる。

『ん。ヴィー兄様の魔力が、流れ込んでくる。これなら、いける』

次第に彼女の顔に赤みが差し、心地好さそうな表情へと変化していった。

「自身の魔力を精霊獣様に送っているのか……？」

「だからどうだと言うのだ？　たかが人間族の魔力が一人分増えた所で、聖樹様の結界が破られる事など――」

アルテーの言葉は、それ以上続かなかった。

『〈ウィンドフォース〉』

荒れ狂う風がフーミルの前に出現し、球状に凝縮されて小さな玉となる。

さしずめ、小さな大型の台風といった所だろうか。

『二人とも、伏せてね』

当然、その二人というのはクーナリアとオーマを指しているのであって、アルテーとナズリーに向けられたものではない。

フーミルの言葉に従って二人が素早く地に伏せた瞬間、彼女の手から解き放たれた風玉が、爆《は》ぜた。

魔力の暴走かと錯覚させる程の爆風が結界とせめぎ合い、その余波でクーナリアとオーマが飛ばされそうになる。

しかし、フーミルに魔力を送り続けているヴィルムが、器用にもクーナリアを片手で抱き上げ、オーマに片足を掴ませてそれを防いでいた。

「……バカな」

茫然《ぼうぜん》とした様子で呟いたのは、アルテーだった。

その視線の先では、聖樹の力によって作られた結界に入った小さなヒビが、少しずつその大きさを増していく。

精霊獣であっても破壊が困難な結界。

これは、先程のやりとりでも事実だと確認している。

先程までと違うのは、ヴィルムという人間族の魔力が上乗せされているという事だが、彼らには理解し難い事実だったに違いない。

「フー、そろそろだ」

すでに破壊されつつあるこの状況で、何をしようというのか。

二人の顔に張り付いていた能面のような表情は剥がれ落ち、今や驚愕と恐れの感情がありありと浮き出ている。

『ん、わかった。〈バースト〉』

フーミルが言霊を口にした瞬間、風玉は大きく弾け飛び、聖樹の力で作られたという結界は砕け散る音すらもその風に呑み込まれ、跡形なく吹き飛んでしまった。

茫然としていたハイエルフの二人は受け身をとる事すら出来ず、吹き飛ばされるがままに木々に叩きつけられて気を失ったようだ。

『スンスン……メル、動いてる』

結界から脱出した時点で、彼女の嗅覚から逃げられる者はそうそういないだろう。

すぐにメルディナの匂いを捉えた彼女は、ヴィルム達についてくるよう促すと、その匂いの元に向けて走り出した。

『この方向……エルフの、里？』

＊＊＊＊＊＊＊＊＊＊＊＊＊＊

エルフの里では、エルフ達がハイエルフ達の襲撃を受けていた。

否、エルフ達に戦闘の意思はなく、ハイエルフ達の方も拘束しているだけなので襲撃という表現は合わないかもしれない。

「ハイエルフ様！　これは一体……？」

「悪いが、少しの間大人しくしていてもらおう。こちらの指示に従うのならば、危害は加えん」

「そんな！　我々がハイエルフ様に逆らうような事などありません！」

「だが、貴様達はあの人間達と仲良くしていただろう？　ならば、我々に対して不信感があるやもしれんからな。ハルツァン様の儀が終わるまでは、僅かな芽でも摘んでおきたいのだよ」

突然の事に混乱して戸惑っているエルフ達に対して、ハイエルフ達の方は特に説明するつもりもないらしい。

ハイエルフ達の言葉の端々を拾った所で、エルフ達がその意図を理解する事は難しいだろう。

ほぼ全てのエルフ達が頭に疑問符を浮かべながらも状況を知ろうとしていると、彼らの後方から地鳴りが響いてきた。

「……予定より随分と早いな。同胞達よ！」

今しがたまでエルフ達と話していた一人が立ち上がり、他のハイエルフ達に号令を出す。

その号令に素早く反応したハイエルフ達は、エルフ達を縛る手を止め、瞬時に戦闘体勢をとった。

「メル姉ちゃんの親父さんを、離しやがれぇぇぇッ‼」

「メルちゃんのお母さんを、離すですぅぅぅッ‼」

そこに現れたのは、隠れるつもりなど毛頭ない二人の猪武者であった。

薙刀を地面スレスレに構えつつ走るオーマと、自分の身長よりも大きな大斧を軽々と振り回しながら突っ込んでくるクーナリア。

「〈フレイムランス〉！」

「ヘンッ！　こんなもん当たるかよ！」

「〈ロックバレット〉！」

「一昨日来やがれですぅッ！」

すでに戦闘体勢にあったハイエルフ達が一斉に攻撃魔法を放つが、先日の身動きがとれなかった空での襲撃とは違い、地に足をつけた今の状態では二人の方に分がある。

「おらぁッ！」

「ぐぶっ⁉」

「せやぁッ！」

「ガッ⁉」

オーマの薙刀が喉を引き裂き、クーナリアの大斧が頭を割った。

『メルを返セ～！』

「うわぁぁぁあああっ⁉」

「と、飛ばッ!?」

更に、ハイシェラのブレスにより数人のハイエルフ達が空を舞い、地面に叩きつけられるが、彼らにとっての地獄はここからと言った方がいいだろう。

「せ、精霊獣様！　どうかお怒りを御静め下さい！　これは貴女様だけでなく、全世界の――」

すぱん、と小気味の良い音と共に、彼の首が宙を舞う。

『うるさい』

噴き上げた血飛沫で頬を濡らしたのは、フーミル。

「たかが人間族が我々にこのような真似、ヲッ!?」

「黙れ」

そして、彼女の心臓を手刀で貫いたのは、ヴィルムだった。

証拠を隠し、事実を偽り、更には自分達を騙してメルディナを連れ去ったハイエルフ達は、最早ヴィルム達にとって敵以外の何者でもない。

先日とはまるで違う鬼気迫る様子に、エルフ達は声を出す事すら忘れてしまっていた。

ほとんどのハイエルフ達を殲滅し、生き残った者達も拘束した頃、ようやく意識を取り戻したメルディナの両親から詰め寄られたヴィルム達は、彼らの拘束を解きながら事情を説明した。

「そんな……メルディナが攫われただって?」

「ハルツァン様がデートにでも連れ出しているんじゃ?」

『それなら、貴方達を拘束する事は、ない。やましい事があるから、そうする必要が、あった』

やはり、信じられないと言うエルフ達は、フーミルの言葉に絶句してしまう。

「そ、そういえば……さっきハイエルフがハルツァン様の儀が終わるまで、とか何とか」

多少なり、不信感が出てきたのだろう。

今までであれば信じて疑う事すら考えなかったハイエルフの言葉に引っ掛かりを持ったエルフの男性が、ポツリと呟いた。

それを耳にしたヴィルムの目付きが鋭く変化する。

「まずいな。あまり時間に余裕はなさそうだ」

「え……？　お、お師様、それはどういう事ですか？」

ヴィルムの言葉と雰囲気に不安を煽られたクーナリアが恐る恐る尋ねるが、その答えは返ってこない。

何か言いたげなヴィルムだったが、すぐに口を閉じると彼女に背を向けた。

「クーナには悪いが、説明している時間が惜しい。メルは俺とフーで助け出す。クーナはオーマとハイシェラと一緒にメルスさん達の説明と護衛を頼む……フー、行くぞ」

『ん、急ぐ』

「お、お師様!?　ちょっと待ってくだ――」

反論は聞かないとばかりに走り出した二人の姿は、すでに見えない。

確かに、自分よりも遥かに強いヴィルム《師匠》と精霊獣のフーミルに付いていけば足を引っ張る事になるかもしれない。

親友が危機的な状況にあるかもしれないという今、何も出来ない自分の弱さに歯噛みするクーナリア。

「何ウジウジ悩んでんだよ」

俯くクーナリアの前に、愛用の大斧が差し出される。

驚いて顔を上げると、そこにはぶっきらぼうながらも真っ直ぐに自分の目を見ているオーマの姿があった。

「メル姉ちゃんが心配なんだろ？　俺達も行こうぜ」

「で、でも、お師様はここにいろって……」

煮え切らないクーナリアの姿に、オーマは大袈裟に溜め息を吐いてみせる。

「そーかいそーかい。ヴィルムさんから言われたら、親友のメル姉ちゃんでさえも見捨てる薄情者だったのかい。なら、別にいーよ。俺一人で行って――」

「そんな訳ないですッ!!」

オーマのあまりにも酷い言い様に、クーナリアが必死の形相で食ってかかった。

彼女の様子を見て頬を緩ませたオーマは大斧をその場に突き立てると、くるりと背を向けて薙刀を担ぎ上げる。

「だったら、行こーぜ。ヴィルムさんに怒られる時は、一緒に怒られてやっからよ。」

一瞬、呆けたクーナリアだったが、決心がついたのか、先程とは打って変わった表情でコクリと頷いた。

「(……怒られるのは俺だけな気もするけどな)」

二人はハイシェラにエルフ達の護衛を任せ、ヴィルムとフーミルが走っていった方向へと駆け出していった。

＊　＊　＊　＊　＊　＊　＊　＊　＊　＊　＊　＊　＊　＊

一方、ヴィルムとフーミルは、残り香を頼りにメルディナを追跡していた。

彼女の場所を全力で探すフーミルだったが、里を出て少しした時点でヴィルムには心当たりがあった。

(この辺りは……まさか)

その考えを肯定するかのように、急ブレーキをかけて止まるフーミル。

『この中に、入ったみたい』

そこは今朝方にメルディナと入ったばかりの、あの遺跡だった。

遺跡の中に足を踏み入れるが、その光景は朝見た状態と変わりはない。

『ん……カビの臭いが凄い。臭くて、メルの匂いが追いづらい、かも』

(メルは確か……ここに触れていたな)

悪臭に苦戦しているフーミルを下がらせ、記憶に新しい手順を再現してみるが、入り口に反応はなかった。

(開かないって事は……やはり特定の魔力《メルディナ》にのみ反応する仕掛けという事か。ならば──)

正規の手順を早々に諦めたヴィルムは、全身に魔力を纏わせながら、構えをとる。

「強行突破しかない、なッ!!」

踏み込むと同時に石壁に向けて放たれた拳は、それを貫通するどころか周囲を巻き込んで爆発したかのように粉々に砕いてしまった。

聖樹の結界でもない、たかが石の壁を壊すには少々過剰な攻撃力だったかもしれない。

崩れ落ちた石壁の先には、見覚えのある通路が奥へと続いていた。

「フー、ここからは罠が至る所に仕掛けられているから、十分に気を付けてくれ」

『ん、わかった。ヴィー兄様も、気を付けて、ね？』

二人はお互いに頷き合うと、遺跡の中へと足を踏み入れていった。

遺跡に入ってから数分後、ヴィルムとフーミルは凄まじい罠の数々に苦戦していた。

流石に、今朝身を以って体験したマジックアローの罠に掛かる事はなかったが、それ以降の罠の数が飛躍的に増えていたのだ。

「くっ!?　一体、どうなってやがる！」

『ここ作った奴、絶対に、性格悪い』

上下左右からランダムに突き出される槍を躱しきった所で、転がってきた大岩の軌道《きどう》上から逃れる。

息を吐く暇もなく、そこに吊り天井が落ちてきた為、ヴィルムが受け止めた後にフーミルが粉々に切り刻んだ。

マジックアローの罠もそこら中に仕掛けられており、打ち出される数が大幅に増えただけでなく、追跡機能《ホーミング》もあるという並外れた鬼畜っぷりである。

所々に点在する落とし穴の中身は言わずもがな、手前と見せかけて奥、奥と見せかけて手前、あるいはその両方がという事さえあった。

ようやく凶悪な罠の数々を抜け、最後の部屋の前に辿り着いた二人だったが、ふと、その光景に違和感を感じたヴィルムはそのまま突入したい衝動を抑えて思考を張り巡らせる。

(……朝来た時は、あんな物はなかったんだが)

彼の視線の先には、扉の前に立ちはだかる二体の巨大なゴーレムがいた。

鈍い光を放つ重厚な装甲が、ヴィルムの二倍はあろうかという巨体を包み込み、右手には片手剣というには不釣り合いすぎる程の大剣を、左手には攻城兵器《バリスタ》のような巨大なボーガンを携えている。

現状は攻撃してくる気配はないものの、紫色に光る二組の双眸《そうぼう》はヴィルムとフーミルを確実に捉えていた。

「やるしか、なさそうだな」

『ん、邪魔するなら、手加減しない』

数秒程睨み合った後、四つの影がぶつかった。

【18】古代ゴーレム

基本的に、ゴーレムの動きは遅めである事が多い。

この場の二体も例に洩れず、緩慢ではないというだけでヴィルムやフーミルと張り合えるだけのスピードではなかった。

繰り出される大振りの斬撃を懐に潜り込む形で避わしたヴィルムは、その胴体に拳を見舞う、が――。

「くっ⁉」

無防備になった所への会心の一撃《クリティカル》。

しかし、その岩すら粉々に破壊する一撃を受けたゴーレムは、砕けるどころか怯む事すらなく反撃してきた。

不意の一撃を仰け反って躱したヴィルムは、そのまま地面を強く蹴って後方へと跳躍し、距離をとる。

丁度、そこに別個体の攻撃から逃れてきたフーミルが駆け寄り、背中を合わせる形となった。

「随分と固い奴だな。フーの方はどうだ？」

『ん。フーの爪も、効いてない。魔法も、少し傷がついたくらい。こんなゴーレム、見た事ない』

精霊族としては幼いものの、かなりの年月を生きているフーミルが存在を知らないのは、このゴーレム達が表舞台に出た事がない、もしくは極端に少ないという事を物語っている。

ヴィルムやフーミルの攻撃をほぼ無力化している所から見ると、ゴーレム達が特殊な製造方法で造られたのは間違いないだろう。

「無視して突破したい所だが……こっちが距離を取ると扉の前に戻るみたいだから、難しそうだな」

『それに、突破出来ても、部屋の中までついてきたら、厄介。もしかしたら、メルを巻き込むかも』

「なら、やっぱりここで倒すしかないな。少なからずダメージが通るのなら、フーの魔法を中心に攻めた方が良さそうだ。俺がサポートに回る。いけるか？」

『ん、任せて』

物理的な攻撃が効いていないとわかったヴィルムがフーミルに攻撃役を頼んだのは、彼が魔法を使えないからだ。

本来、魔法というものは各々が持っている魔力を使用する魔法の属性に合わせて変化させ、操る必要がある。

そして、変化した属性魔力を操る為には、その属性に対する適正を持っていなければならないのだが、ヴィルムは魔力を変質させる事は出来るものの、その属性適正は無属性のみであった。

例外として、身体強化は魔法に分類されてはいるが、属性魔力を操る必要がない為、彼が唯一使える魔法となっている。

『〈エアバレット〉』

フーミルの周囲から発射されたのは、風の弾丸。

撃ち出された無数の風弾は、その全てが外れる事なくゴーレム達の身体を捉える。

しかし、鎧を着込んだ人間であれば軽々と貫通する〈エアバレット〉を以ってしても、ゴーレムの身体を僅かに削り取る程度のダメージしか与えられなかった。

『予想通り。でも、このままいく。〈エアバレット・フルバースト〉』

先程よりも更に増えた風の弾丸が嵐の如くゴーレム達へと降り注ぐ。

ゴーレム達も何とか防ごうとはしているものの、その圧倒的な速度と物量の前にはどうしようもない。

このまま、ゴーレム達が機能を停止するのも時間の問題だろう。

だがその時、ゴーレム達の瞳が紫色に輝いたかと思うと、風の弾丸を防ぐ事を止め、術者であるフーミルに向かって攻城兵器《バリスタ》を放ち、突進してきた。

「やらせねぇよ」

それを予想していたとばかりに割って入ったヴィルムは、飛来する巨大な矢の側面を的確に蹴り抜き、同時にもう一本の矢を手刀で叩き折る。

次いで、防御を無視して突っ込んでくるゴーレムを真正面から受け止めると、力任せに薙ぎ倒してもう一体の進路を塞いだ。

ヴィルムが後方へ飛び退くと同時に、風の弾幕が再開される。

凄まじい弾幕ではあるが、やはりゴーレム達への効果は薄いようで、風の弾丸を絶え間なく受けながらもゆっくりと起き上がろうとしていた。

かといって、全く効果がないとも言えない。

現にゴーレム達の身体はあちらこちらが欠けており、動きに支障はないものの、ダメージが蓄積されている事は明らかだろう。

『ヴィー兄様、このままでも、倒せそうだけど、まだ時間がかかる』

「コアを壊せば終わるんだけどな。あの様子じゃ、身体のどこかに埋め込まれてるんだろう。打撃の効果が全くない所を見ると何らかの特殊な鉱物で出来ているんだろうが……いや、待てよ？」

ゴーレム達を中々突破出来ない事に苛立ちを感じていたヴィルムだったが、ふと、何かに気付いた素振りを見せると口元に手を当てて思考し始めた。

その間に、完全に起き上がってしまったゴーレムは、再び攻城兵器《バリスタ》を向けると二人に向けて連射を開始する。

思考中でありながらも、ヴィルムは戦闘態勢を崩してはおらず、全ての大矢を叩き折り、もしくは軌道を逸らして防いでいた。

「フー、直接攻撃はしなくていい。ゴーレム達の周りを魔力を含めた空気で満たして、循環させる事は出来るか？」

『ん、それくらいなら、出来る。でも、それからどうするの？』

「あのゴーレムの魔力を、根こそぎ奪う。ディア姉に聞いた事があるんだ。ゴーレムみたいに魔力を含んだ素材で出来た魔物は、含まれた魔力量に比例して物理的な攻撃と、年数経過による劣化に対しての耐久性能が上がるらしい」

外界の魔物として扱われるゴーレムの多くは、精々鋼鉄程度の硬度である。

しかし、このゴーレム達はそれらの比ではない硬度を持っている事を考えれば、その素材に大量の魔力が含まれているという事は想像に難くないだろう。

『ヴィー兄様やフーの攻撃に耐えるなら、魔力がいっぱい溜まってるって事？』

「そうだ。だけど魔力を奪うにはあのゴーレム達に触れ続けていないと出来ない。だから、フーに頼んでるんだ」

ヴィルムがフーミルに求めたのは、彼女の魔法によるゴーレムとの擬似的な接触。

放った魔法との繋がりを維持しないと成り立たない為、かなり難易度の高い技術ではあるのだが、話を振られたフーミルは平然と頷いていた。

『ん、わかった』

短く答えた彼女が両手を差し出すと、手のひらから白く輝く粒子が放たれる。

その粒子はフーミルの意図に従い、ゴーレム達にまとわりつくように周囲を囲い込んでいった。

それと同時に、ヴィルムがフーミルの背に手を当てて集中すると、大して間を置かずにゴーレム達の様子がおかしくなる。

身体のあちらこちらが忙しなく動き、紫色の光を灯していた四つの瞳は古くなった街灯のように点滅し、駆動部からは苦しむ呻き声にも聞こえるような重低音を響かせていた。

やがて、ゴーレム達の身体にも異変が現れ始める。

あれだけ頑丈だった身体は脆《もろ》い岩のようにポロポロと崩れ落ち、その足下に砂の山を作り始めたのだ。

しばらくして、ゴーレムの胴体から淡い紫色の光を放つ球体が露出する。

手足を失い、最早抵抗する術を持たないゴーレム達に無造作に近付いたヴィルムは、その球体を叩き割った。

半壊したゴーレム達の瞳からは光が失われる。

それは、ゴーレム達が機能を完全に停止したという事を示していた。

【19】メルディナの危機

ヴィルム達が遺跡に入る少し前――。

遺跡の最奥、その祭壇の上にはメルディナが寝かされていた。

その祭壇から少し離れた場所には、簡易的ではあるものの、柔らかそうな布材で作られた小さな寝床があり、その上にはミゼリオの姿も見える。

そして、メルディナの寝顔を見下ろしている男――ハルツァンは、小さく笑った。

「ようやく……ようやく手に入る。我は、この刻《とき》を待ち望んでいたのだ」

それは心の奥底から湧き出てくるような歓喜の感情。

メルディナの頬を優しく撫でたハルツァンは、意識のない彼女に語りかける。

「お前にはわからないだろう。お前を初めて見た時、我がどれ程喜びに打ち震えた事か」

ハルツァンとメルディナ、両者共に美しい容姿をしている事もあり、その光景は眠れる姫を迎えにきた王子の物語という印象を受ける。

「お前が我が妻となり、共に精霊様方を御守りすると誓うのであればここまでする必要はなかったのだが、致し方あるまい……＃／※％：．：＊＠――」

心底残念そうな様子で溜め息を吐いたハルツァンは、メルディナが横たわる祭壇の正面に立つと、何やら人間では聞き取る事の出来ない呪文らしき言葉を紡ぎ始めた。

その呪文を唱え終わると共にメルディナの身体がゆっくりと宙に浮いたかと思うと、淡く透き通った薄紫色の光を放ち始めた。

「さぁ、メルディナよ。精霊様を御守りする為に、我とひとつになろうではないか」

メルディナを包むその光が、ハルツァンの身体へと吸い込まれていく。

その光は徐々に勢いを増し、まるで洪水のように荒々しい奔流《ほんりゅう》となった。

「嗚呼……我に流れ込んでくるこの魔力《ちから》……やはりお前は我が妻となるに相応しい女だった。共に歩めなくなるのは残念ではあるが、我は生涯、お前を大切にするとここに誓おう」

徐々に勢いを失っていく光が途絶えた所で、ハルツァンはもう一度、メルディナの頬を優しく撫でる。

「永久の眠りにつくがよい。我が妻、メルディナ……」

その表情は、愛する者を看取る様にも見えた。

「終わったみたいだね？」

不意に、ハルツァンの後方から声がかけられる。

その声を聞くと同時に彼の表情は一変し、ハイエルフ族特有の能面のような無表情となる。

「貴様、まだいたのか？　我とメルディナの別れに水をさすとは……余程死にたいようだな」

「あははは、そんなつもりはないよ。ただ、この後の展開が凄く気になってね。メルディナちゃんを失ったヴィルムくんがどんな反応をするのかな～って」

『ハルツァン、ゆーりをころすの、だめ』

そこにいたのは壁にもたれ掛かる形で立っていたユリウスと、その足にしがみついているヨミだった。

「……ふん。ヨミ様がいなければ八つ裂きにしてやる所ではあるが、まぁ良い。この場にいても面白い事などありはせん。もうじきあの人間共がやってくるのだろうが、話してわからねば捩じ伏せるまでだ。精霊獣様が信頼なさっておられる様子だから、出来れば殺したくはないがな」

「でも、ヴィルムくんとフーミルちゃんを相手取るのに、そんな余裕があるのかなぁ？」

「先程までの我では敵わなかったやもしれんな。だが、今の我に敵となりえる者などおらん。たとえそれが精霊獣様であっても、だ」

ハルツァンが拳を握ると、濃い紫色の魔力が溢れ始める。

「へぇ……それが、メルディナちゃんから奪った魔力なのかい？　随分と密度の高い魔力だね」

「奪った、か。否定はせんよ。精霊様の為ならば、我は手段を選ぶつもりはない」

ユリウスの言葉に、自嘲気味に笑いながら答えるハルツァン。

「別に責めてる訳じゃないさ。ボクだって、ヨミ達を守る為なら何だってするしね。ボクが言いたいのは、面白い勝負が見れそうだなってだけさ」

「悪趣味な……隠れるなら早くしろ。奴らはもうこの部屋の前まで来ている。ゴーレム達が突破されるのも時間の問題だろう」

重厚な石扉の向こう側からは、戦闘音が鳴り響いている。

伝わってくる振動からは、かなり激しい戦闘になっているだろう事が予想出来る。

「そうさせてもらうよ。あ、手出しするつもりは更々ないから、後は御自由にどうぞ。ヨミ、隠れるよ」

『わかった。こんどは、みつからないように、きをつける！』

『ふんすっ』と、気合いを入れたヨミが両手をかざすと、空間が二つに裂け、暗闇に満ちた世界が顕れた。

ユリウスとヨミはハルツァンに手を振ると、その闇の中へ溶け込むように消えていく。

「奴もまた、精霊獣様の信を得る者、か……」

呟いたはずの自分の言葉が、何故か耳に残ったハルツァンであった。

＊　＊　＊　＊　＊　＊　＊　＊　＊　＊　＊　＊　＊　＊　＊

「メルッ！」

頑強な石扉を轟音《ごうおん》と共に蹴り砕いて入ってきたヴィルムは、声を荒らげると同時に素早く周囲を見渡し、祭壇の上に寝かされたメルディナとその進路上に陣取るハルツァンを視界に捉えた瞬間、怒りの感情を隠そうともせずに戦闘態勢に移行する。

すぐ後ろに付いてきていたフーミルも、その光景を見ると同時に髪を逆立たせ、低いうなり声をあげていた。

（……大丈夫だ。メルは生きてる）

よく見ると、メルディナの胸はゆっくりと上下しており、呼吸をしているのがわかる。

少なくとも、今すぐ死ぬという事はないだろう。

その様子を見て僅かばかり胸を撫で下ろしたヴィルムに、ハルツァンが話し掛ける。

「予想より早かったな。あのゴーレム達は物理攻撃を無効化する特殊な個体だったのだが……流石、精霊獣様の信を得た者といった所か。素直に評価しよう」

「そんな事はどうでもいい。今すぐにメルを返せ」

「それは出来ぬ相談だな。我は生涯、メルディナを守り続けると誓ったのだ。お前に渡す訳にはいかん」

「なら、力ずくで取り返すまでだッ！」

言うが早いか、地面を蹴ったヴィルムはハルツァンとの距離を一瞬で詰め、浴びせ蹴りを放つ。

目にも留まらぬ速度から放たれた蹴りに何も反応が出来ないと思われたハルツァンだったが、その蹴りが彼の側頭部を捉える寸前、その身体を包む紫色の魔力に阻まれてしまう。

「ちっ！」

あっさりと攻撃を防がれた事に苛立ちながらも、そのまま連撃に移るヴィルムだったが、先の蹴撃と同じく彼に触れる事すら叶わなかった。

「無駄だ。今の我には触れる事すら出来ぬと心得よ」

『それなら、フーがやる。〈エアバレット〉』

ヴィルムでは分が悪いと察したフーミルが放った無数の風弾が、不規則な軌道を描きながらハルツァンに向かって収束する。

「〈ガイストウォール〉」

全てが命中すると思えたその時、ハルツァンが一言呟くと同時に、彼の周囲を竜巻が包み込み、〈エアバレット〉を弾いてしまった。

（こいつ、フーの魔法を難なく防ぎやがった⁉）

ヴィルムと同様にフーミルも驚いたようで、ハルツァンを警戒するように睨みつけている。

彼にとって、十分に反撃に移れるチャンスだったのだが、何故かそうしようとはしなかった。

「人間よ、我の話を聞け。お前は精霊獣様の信を得た者。話を聞けば、必ず理解出来るはずだ」

「……話、とは？」

自身の攻撃は通じず、フーミルの魔法を苦もなく防ぐハルツァンに、力任せは無意味と感じ取ったヴィルムは、怒りの感情を押さえ込んで耳を傾ける。

「我がお前や同胞はおろか、精霊獣様まで欺いてでもメルディナを欲した理由だ」

ヴィルム達に話を聞く気があると見たハルツァンは、その無表情を崩さずに話し始めた。

＊　＊　＊　＊　＊　＊　＊　＊　＊　＊　＊　＊

「お前も知っているだろう？　精霊様方の御力を狙う者達がいる事を」

「とぼけているつもりか？　お前はそいつらの一員だろうが」

「正確には、協力者のフリをしていたに過ぎないがな」

ハイエルフの里を探索した際に見つけた魔鉱石という証拠がある以上、ハルツァンを敵方の一人と見るのは当然だろう。

それは彼も予測していたのか、至極平然とした表情で話を続ける。

「そもそも、我々ハイエルフが精霊様を本気で害する事などあり得ん。奴らに協力していたのは、どうしてもメルディナをこの場に呼び寄せる必要があったからだ」

「メルを、だと……？」

「そうだ。我々ハイエルフ族では、奴らの造り出した魔導具に対抗する術がない。精霊様を害する奴らを打倒する為にも、メルディナの持つ力が必要だったのだ」

少なくとも、ヴィルムにはハルツァンのいう〝メルディナの力〟に心当たりはない。

口から出任せを言っているのかと怪しんでいる雰囲気を感じ取ったのだろうハルツァンは、短い溜め息を吐いて話を続ける。

「人間よ、お前は気が付かないのも無理はない。メルディナの力は、魂の奥底に眠っていたのだからな。メルディナがこの遺跡を探索した事は知っているか？」

「……あぁ。今朝、聞いたよ」

「そうか。メルディナはな、〝選ばれた〟のだよ」

「選ばれた？」

ハルツァンから語られた関連性が見つからない言葉に、思わず聞き返すヴィルム。

「この遺跡はな。我々ハイエルフ族やエルフ族の始祖、エルダーエルフ様の陵墓《りょうぼ》なのだ」

「エルダーエルフ？　そんな種族は聞いた事がないぞ」

『フーも、知らない』

「見た所、精霊獣様もそれ程御年を召されてはおられない御様子。エルダーとは古代種の意。御方は古代魔導文明の時代を生きたと言われております。恐らくは、現在生きておられる精霊様の中でも、知っているのは極一部でありましょう」

首を傾げるフーミルにわかりやすいよう説明するハルツァンは、どこか誇らしげに見えた。

「エルダーエルフ様の中には、精霊獣様をも超える魔力を持つ者もいたとされている。しかし、御方はその魔力に増長せず、精霊様方との共存を選ばれたのだ。故に、我々にとって精霊様は絶対的な存在なのだ」

「メルディナは、エルダーエルフだったと？」

「少し違うな。メルディナは、この遺跡の最深部……つまりこの部屋に到達した際、エルダーエルフ様が宿る器として選ばれたのだ」

つまり、メルディナ自身は無自覚でありながらも、彼女の中にはもうひとつの人格《たましい》が宿っていたという事だ。

「我は、エルダーエルフ様の御力があれば、奴らに対抗出来ると考えた。魔鉱石を提供したのも、世界各地に点在する奴らにメルディナの情報を集めさせる為の情報料みたいなものよ」

「お前が提供したその石ころのせいで、こっちは侵略されかけたんだがな」

「それについては申し訳ないと思っている。だが、メルディナの力がなければ対抗する手段がなかった事も事実だ。無策のまま勝ち目のない戦いに挑む程、愚かな事はないだろう」

ハルツァンが素直に謝罪した事を意外に感じながらも、ヴィルムには彼の言葉の中に幾分か共感出来る部分があった。

「なるほど、お前がメルを欲しがる理由は理解した。だがメルはお前を拒否していたのに、どうやって協力させる気だったんだ？」

いくらメルディナの身体を手に入れたとしても、その心を説得出来なければ無意味。

「それについては……もう解決している」

「どういう事だ？」

脅し、騙し、もしくは洗脳して従わせようとするなら、この話し合いを続けるに値しないという意図も含めて投げ掛けた問いに返ってきた答えは、ヴィルムの予測を裏切るものだった。

「メルディナに宿ったエルダーエルフ様の御力は、お前達が来る前に我の中に取り込んだ。我が妻となって共に戦う事が出来ぬのならば、致し方あるまい」

「俺やフーの攻撃を防げたのも、そのエルダーエルフの力って訳か」

「そうだ。エルダーエルフ様の御力をこの身に宿した今、精霊様の信を得るお前と争う理由はない。故に、お前や精霊獣様との話し合いを望んだのだ。奴ら……〈古代の園《エンシェントガーデン》〉を倒す為に、な」

「……その〈古代の園〉とやらを倒すのに異存はない。ただし、メルは返してもらう。メルに宿るエルダーエルフの力が目的だったのなら、今の彼女は必要ないんだろう？」

腹立たしくはあるが、家族や仲間を守る為であれば同じ決断をするかもしれない。

そう考えたヴィルムは、最低ラインの妥協案としてメルディナの返還を要求する。

「それは、出来ない」

しかし、ハルツァンから返ってきたのは拒否の意であった。

「我にはメルディナから力を奪った責任がある。生涯、メルディナの側に付き添う事こそが我の償いだ」

「……待て」

ハルツァンの口から出た〝償い〟という言葉に違和感を覚えたヴィルムは、思わず口を挟んだ。

「お前、さっき〝メルディナの力は、魂の奥底に眠っていた〟と言っていたな？」

「あぁ、確かに言った」

「その力を奪った事で、メルに何らかの悪影響が出たんじゃないだろうな？」

辿り着いた最悪の展開に、一度は落ち着かせた怒りの感情が再び燃え上がる。

「魂に宿るエルダーエルフ様の御力を、術式によって無理矢理引き剥がしたのだ。メルディナの魂に掛かる負担は相当なものだったはずだ」

力を入れすぎた拳は震え、噛み締めた奥歯からは鈍い音が響き、見開かれた瞳には明確な殺意が宿り——、

「メルディナは、もう二度と目覚める事はないだろう」

ヴィルムの怒りは、臨界点を突き抜けた。

その咆哮は、嘆きの慟哭《どうこく》にも聞こえた。

彼の瞳からは怒りと共に涙が溢れ、現実を受け入れられないとばかりに虚空を煽る。

今のヴィルムからは普段の冷静さが全く感じられず、まるで別人を見ているかのようであった。

『ヴィー兄様、ダメ……！』

ヴィルムから溢れ出し始めた、どす黒い魔力の奔流。

それは彼が幼い頃に何度もあった、〝消滅〟の前兆。

理性を失い、異常とも言える膨大な魔力が制御出来ず、身体の外へと垂れ流しになっている。

「壊れたか？　愛する者とはいえ、女を一人失った程度でその様か。やはり、人間に精霊獣様の信は重すぎるようだな」

『勝手な事、言わないで！　ヴィー兄様は、誰よりも家族を大切にしてる。メルだって、フー達の家族。大切な家族を奪われて、冷静でいられる訳、ない！』

先程までとは一転して、ヴィルムを蔑むような視線で見下すハルツァンにフーミルが食ってかかる。

「メルディナは果報者ですな。精霊獣様に大切な家族と言ってもらえるのですから」

しかし、当の本人は全く意に介した様子はなく、むしろ微笑ましいものを見るような目でフーミルを見ていた。

その目を見たフーミルは、反射的に身体を強張らせる。

ハルツァンの口振りから察するに、彼がメルディナを憎からず思っていたのは間違いないだろう。

親愛の情を抱いた者を、力を得る為に葬る行為が、その心情が、フーミルには理解出来なかったのだ。

『――――ッ⁉ ヴィー兄様‼』

そうこうしている内に、ヴィルムの身体から溢れ出すどす黒い魔力は勢いを増していく。

それを何とか鎮めようと彼にしがみつくフーミルだったが、魔力の暴走が止まる気配はない。

（どうすれば、いい？ どうすれば、ヴィー兄様を助けられる？）

必死に考えを張り巡らせるものの、焦りが邪魔をして解決案が思い浮かばなかった。

「精霊獣様、最早そやつは助かりません。そやつの魔力が暴走する前にこちらへ。我が精霊獣様を御守り致します」

『そんな事、ない。絶対に、フーが助けてみせる！』

危機的な状況であるにもかかわらず、諦める様子のないフーミルを見て眉を顰めるハルツァン。

このような状況にあっても彼女が諦めないのは、ヴィルムが大切な家族であるという事の他にも理由があった。

それは、フーミルがまだ精霊だった頃の話。

【20】過去編　芽生えた感情

のんびりとした雰囲気が漂う穏やかな朝。

常時深い霧に覆われている薄暗い魔霧の森に対し、精霊の里には暖かな陽光が降り注ぎ、別世界のように明るい。

精霊達は歓談に花を咲かせ、妖精達は思い思いに飛び回っている事も里の雰囲気を良くしている一因だろう。

『あらヴィルム、今日も早いわね。おはよ〜』

『ヴィルム！　オハヨ！　オハヨ！』

「あぁ、おはよう」

黒目黒髪の少年に気が付いた精霊や妖精が声を掛け、少年が挨拶を返す。

当然、その逆も然り。

この里では見慣れた、当たり前の光景。

ヴィルムが精霊達に拾われてから、十三年の歳月が経っていた。

幼かったヴィルムも順調に成長を重ね、体付きも男らしさが表れ始めた時期といった所だろうか。

ラディアの件があって以降、ヴィルムはますます里家族の為にという想いが強くなっていた。

自分に出来る事は率先して取り組み、出来ない事も精霊達の助力を得ながらこなせるように努力していた。

『ヴィーくん、おはよ』

ヴィルムが少し眠たげな声がした方を向くと、片目を擦りながらふらふらと近寄ってくる妖精サイズの女の子がいた。

最近、ようやく妖精から精霊へと進化した子だ。

「フー姉ちゃん、おはよう」

『ん、よろしい』

ヴィルムから姉と呼ばれた事で、満足そうに頷く。

どうやら彼女はヒノリやラディアの影響を受けたらしく、ヴィルムに対してやたらとお姉さんぶる事が多い。

実際、彼女の方が年上なので、ヴィルムの方も姉と呼ぶ事に抵抗はないようだ。

見た目は彼女の方が明らかに幼いので、なかなかシュールな光景になっているのだが……。

『じゃあ、皆と、遊んでくる、ね』

「あぁ、いってらっしゃい。フー姉ちゃん」

まだ妖精だった頃の癖が抜けてない彼女は、他の妖精達と行動を共にする事が多い。

周囲の妖精達を引き連れて出掛ける彼女を、微笑みを浮かべながら見送るヴィルムだった。

＊＊＊＊＊＊＊＊＊＊＊＊＊＊

ヴィルムが彼女達を見送ってから数時間後、魔霧の森を巡回していた精霊達から連絡が入る。

どうやら五人組の冒険者グループが警戒領域に入ったらしい。

『冒険者達の構成は前衛が二人、中衛が一人、後衛が二人です。特に後衛の二人は上級魔法を使うようなので注意して下さい』

『中衛が攻撃防御関係なく状況に合わせて動くみたいだから、自由にさせない方がいいかもだよ』

女王の側近であるジェニーとミーニから、ヴィルム、ヒノリ、ラディアへ迎撃の要請が伝えられた。

『委細承知じゃ。ヒノリ、ヴィル坊、抜かるでないぞ？』

「わかってる。中衛の相手は俺が引き受けるよ。ディア姉は前衛二人を、ヒノリ姉さんは後衛二人をお願いね」

『OK。ヴィルムもなかなか様になってきたじゃない。お姉ちゃん嬉しいわ～』

侵入者迎撃の要請を受け、即座に迎撃の準備に取り掛かる。

その際、ヴィルムは里にフーミル達の姿が見えない事に気が付いた。

「ヒノリ姉さん、ディア姉。フー姉ちゃんはまだ帰ってきてないの？」

『む、そういえば姿が見えぬな。まだ森で遊んでいるともなれば、悠長に準備をしとる場合ではないのぉ』

『まぁ、フーちゃんなら見つかる前に逃げるんじゃない？　すばしっこいから……って、あら？』

ヒノリが何かに気付き、ヴィルムとラディアがそちらに視線を移すと、ふらふらしながら戻ってくる妖精達が視界に入った。

慌てたヴィルムは妖精達に駆け寄り、魔力を譲渡する為に優しく抱きかかえる。

疲弊はしているものの、目立った外傷もなかった妖精達はすぐに元気を取り戻し、口々に騒ぎ始めた。

『フーミル、危ナイ！　危ナイ！』

『逃ガシテクレタ！　逃ガシテクレタ！』

『戦ッテル！　戦ッテル！』

どうやらフーミルと遊びに出掛けた妖精達だったようだ。

更に言えば、何者かとフーミルは交戦状態にあるらしい。

状況を照らし合わせれば、恐らくは報告に上がった冒険者達だろう。

「ヒノリ姉さん！　ディア姉！」

『急ぐわよ！』

『うむ！』

妖精達の無事を確認した三人は、全力で以って魔霧の森へと向かっていった。

＊　＊　＊　＊　＊　＊　＊　＊　＊　＊　＊　＊　＊

「そっちに行ったぞ！　絶対に逃がすなよ！」

「それくらい、わかってる！」

「確かに素早いが……どうにもならんという程でもないな」

森の中、男女の入り交じった声が聞こえてくる。

そこには冒険者達五人と戦闘を繰り広げるフーミルの姿があった。

ダメージこそ負ってはいないものの、彼女の息は弾み、動きにもいつものキレが見られない。

疲労が蓄積している事は明らかだった。

一緒に遊びに出掛けた妖精の一人が見つかってしまった為、自分が囮になり、妖精達を逃がした後に自分も逃げるつもりだったのだろう。

風の精霊であるだけに素早く、かなり善戦しているようだが、冒険者達の方もかなりの手練れらしく、中々逃げ出す隙を見つけられないでいた。

『……ハッ！……ハッ！』

「いいぞ！　大分疲れてきてる。もう少しだ！」

「上手く合わせろよ！〈アローレイン〉！」

フーミルに向かって、ミスリル製の矢が雨の如く降り注ぐ。

「任せて。〈フレイムランス〉！」

『……ッ！　あぐっ⁉』

次々に襲い来るミスリルの矢を何とか避け続けるフーミルだったが、行動範囲が制限されてしまった事で、魔術士の放った〈フレイムランス〉をまともに受けてしまう。

「よし、やったな」

「へっ！　手間取らせやがって」

「まだ動くやもしれん。油断するなよ？」

「大丈夫だって。〈フレイムランス〉をまともに受けて平気な精霊なんていねぇよ」

力なくその場に倒れ込んだフーミルを拘束しようと近付く冒険者の一人。

もう抵抗出来ないと見込んでいるのか、無造作に手を伸ばすその姿には警戒心は感じられない。

『……〈ウィンド、ブロー〉』

フーミルが、最後の足掻きとばかりに風魔法を放つ。

「ぐあっ⁉」

油断していた冒険者は風魔法をまともに受ける事になった。

しかし疲弊していたが為に魔力の密度が薄かったらしく、冒険者の顔に痣《あざ》を作る程度の威力しか出せなかったらしい。

「て、てめぇ！　大人しくしておけばいいものを！」

「あ、お、おい⁉」

『――ァ』

風魔法を受けた冒険者が痛みと恥ずかしさから逆上し、ミスリル製の剣でフーミルを斬りつける。

最早回避する力も残っていなかったのか、フーミルはその斬撃を避ける事も出来ずに左肩から右腰の辺りに向かって大きな傷を負ってしまった。

「こ、この馬鹿！　コイツが死んだら今回の探索報酬がパーじゃねぇか！」

「うるせぇよ！　舐めた態度だったから躾《しつ》けてやっただけだろうが！」

斬られた箇所から魔力が抜け、意識が朦朧とし始めるフーミルに、冒険者達が罵り合う声が聞こえてくる。

（みんな、逃げれた、かな？）

フーミルは自身が逃がした妖精の安否を気にする。

（フーは、お姉ちゃんに、なれた、かな？）

精霊に進化して芽生えた責任感が、彼女を動かしていた。

（ヴィーくん……）

脳裏に浮かんだのは、自分の事を本気で姉と呼んでくれている少年の姿。

「フー姉ちゃん！」

フーミルが意識を手放す寸前、彼女の耳に届いたのはその少年の声だった。

＊　＊　＊　＊　＊　＊　＊　＊　＊　＊　＊　＊　＊　＊

「ディア姉、フー姉ちゃんを頼む」

『うむ、任された。存分にやるがよい』

ぐったりとして動かないフーミルをラディアに任せ、立ち上がったヴィルムの表情は鬼気迫るモノであった。

それは隣に立つヒノリも同様で、怒りの形相を隠しもせずに冒険者達を睨み付けている。

「い、忌み子？　何で忌み子が精霊と一緒に……？」

「何だお前らは！　そいつは俺達の獲物だぞ！　横取りするんじゃねぇ！」

「戦闘体勢を崩すな。気を抜けば一瞬で殺《や》られるぞ」

冒険者達の内一人は人間族だったらしく、ヴィルムの容姿に反応するが、残りのメンバーは油断なく戦闘体勢をとっている。

ヴィルムとヒノリから放たれる壮絶な威圧《プレッシャー》を受けながらも正気を保っていられる事から、冒険者達がある程度以上の実力を持っている事が伺えた。

だが、家族フーミルを傷付けられ、怒りに震えるこの二人を相手取るには圧倒的に実力不足だと言えるだろう。

すでに戦闘体勢をとっていた冒険者達に対し、ヴィルムは一気に彼らの中心へと潜り込み、その注意を自分に引き付ける。

その勢いのまま陣形の中心にいた一人の頭を鷲掴み、後頭部を地面に叩き付けて意識を刈り取った。

背後に感じる風を切る気配に反応し、身を翻すと同時に手刀を振り抜くヴィルム。

「うっ……」

「馬鹿な⁉」

そこには穂先が切り落とされた槍と刀身の半ばから折られた剣を構えて唖然とする前衛二人の姿があった。

その隙をわざわざ見逃すヴィルムではない。

剣を持つ男の懐に潜り込むと同時に肘鉄を叩き込み、〝く〟の字に折れ曲がり下がってきた顎を蹴りあげる。

男の首から鈍い音が鳴り、糸の切れた操り人形《マリオネット》のように崩れ落ちた。

その体勢のまま軸足を回転させ、槍だった棒を構えた男の脳天に踵落としを見舞うと、地に伏して痙攣している男達の頸椎《けいつい》を踏み抜いてトドメを刺していくヴィルム。

「〈ウォーターブレード〉！……ウソ⁉」

「ま、魔法が、効かない……？」

少し離れた場所ではヒノリが後衛の二人組を圧倒していた。

放たれた水の刃はヒノリに触れる事なく蒸発し、他属性の魔法は無造作に打ち払われる。

淡々と迫ってくるヒノリに恐怖心を抱き、逃げ出そうとする二人だったが、背を向けた瞬間に無数の羽焔《はえん》が突き刺さり、一瞬で灰にされてしまった。

「フー姉ちゃん！」

『フーちゃん！』

圧倒的な力を揮って冒険者達を全滅させたヴィルムとヒノリがフーミルを抱きかかえるラディアの元に戻ってくる。

しかしすでに彼女の意識はなく、ラディアの腕の中でぐったりとしていた。

『不味いのぉ……フーの身体から流れ出る魔力が止まらん。このままでは……』

「そん、な……」

ラディアの見立てでは、身体を構築するフーミル自身の魔力が流れ出しすぎているとの事だ。このままでは身体を維持する魔力までなくなってしまい、フーミルの存在が消えてしまうらしい。

ヴィルムは膝から崩れるような形でフーミルの側に座り込む。

『ディア姉、お母さんなら何とか出来ないかしら？』

『確かに母上なら何とか出来るやもしれんが、里に連れていくまでフーが持ちそうにないのぉ……ヴィル坊』

何とかフーミルを助けようと思案するヒノリの質問に答えたラディアが、不意にヴィルムに呼び掛ける。

「……？」

大切な家族を失うかもしれないという絶望感に打ちひしがれていたヴィルムは、ラディアの声に反応してゆっくりと顔をあげた。

『フーミルを助けるには魔力の供給が必要じゃ。今すぐ、大量に、この場で、の。魔力の質が違う、火属性のヒノリや土属性の儂ではどうにもならん。母上の所まで運ぶには時間が足りん。フーミルを助けられるのはヴィル坊しかおらんのじゃ』

「!?　やる！　絶対に助けてみせる！」

まだフーミルを助けられる可能性はあるというその言葉は、ヴィルムの瞳に決意の光を宿らせた。

『周囲の警戒と対処は私とディア姉に任せなさい。ヴィルム、頼んだわよ』

『良いか？　妖精達に魔力を分け与える時の感覚で構わん。それをより多く、よりフーミルが持つ魔力の性質に合わせて送り込むのじゃ』

ラディアからフーミルの小柄な身体を受け取ったヴィルムは、彼女を優しく抱き上げると、目を閉じて彼女に合わせた魔力を流し込み始める。

しかし送った魔力は流し込んだ傍から流れ出てしまい、フーミルの状態は中々良くならない。

「……くそっ！」

ならばと送り込む魔力量を一気に増やすヴィルムだったが、それでもフーミルの傷口を癒すまでには至らなかった。

ヴィルムの脳裏に、今まで自分を守り続けてくれた精霊達《かぞく》の記憶が過《よぎ》る。

その中には当然、今、自分の腕の中でぐったりとしているフーミルの姿も。

幼い頃は友達のように。

最近になってからは姉として接してきた、大事な家族。

いつも眠たげで、しかし我は強くて、自分に素直な彼女の笑顔は、ヴィルムにとって失いたくない、大事な存在。

(フー姉ちゃん……絶対に、助けるからな)

全神経を集中させ、眼を見開いたヴィルムは、自らリミットを外す。

過去に起こった暴走とは違い、ヴィルムの意思を伴った魔力の奔流がフーミルへと流れ込む。

「はぁ……はぁ……ぐっ」

凄まじい集中力を発揮し続けるヴィルムに、大量の魔力を失った為に引き起こる疲労と苦痛が襲い掛かるが、フーミルの傷はまだ癒えてはいない。

『ぅ……ッ……！』

フーミルの方も膨大に送り込まれ続ける魔力が負担になっているのか、玉のような汗が滴り落ち、無意識ながら歯を食いしばって耐えている。

『情けないのぉ、ヴィル坊やフーがこれだけ苦しんでおるのに、儂らは見ている事しか出来んとは……』

『言わないでよディア姉。私だって……あっ！』

悔しげな二人の目の前で、フーミルの身体に変化が現れ始めた。

あれ程苦痛に染まっていた表情は穏やかになり、四肢《しし》や胸元、股付近のあたりからは獣を思わせる柔らかな体毛が生え始める。

尾骨のあたりからはフサフサとした尻尾が伸び、人間のように顔の隣にあった耳は髪の中へ隠れていき、その代わりといった具合に頭からピョコンと顔を出す。

四つの八重歯と手足の爪が鋭く伸び、彼女を中心に旋風が巻き起こった。

（『温かい。フーは今、ヴィーくんの魔力に包まれてるんだ』）

意識を取り戻したフーミルが目にしたのは、疲労と苦痛に顔を歪めながらも魔力を送り込む事をやめようとしないヴィルムの姿。

（『結局、フーは守られてた、だけ。ヒー姉様やディー姉様みたいに、ヴィーくんに頼られたかった、けど、お姉ちゃんなんて、言えるような事も出来なかった……。でも、それでも、フーはヴィーくんの役に立ちたい』）

フーミルの傷が完全に塞がり、彼女が目を覚ました事で安心したのか、小さく微笑んだ直後に気絶してしまうヴィルム。

倒れ込んできたヴィルムを抱き留めるフーミルだったが、それまでにとっていた体勢と体格差のせいで自身が枕のようになる形になってしまう。

『ヴィーくん……、んーん。ヴィー兄様のおかげで、助かった。だから、フーの全部、ヴィー兄様にあげる、ね？』

気絶しているヴィルムの頭を優しく抱き締め、その言霊を紡ぎ始めた。

——優しき魂を持つ者よ——

普段のフーミルからは想像出来ない、しっかりとした声が周囲に響き渡る。

——我は汝の慶福を願う者なり——

フーミルの言葉に反応するかのように、静かな旋風が巻き起こり、二人を包み込む。

——我が身、我が魂、我が全てを、汝に捧げ、兄妹《きょうだい》となりて生きる事を誓わん——

ありのままの自分を受け入れてくれる、頼もしい存在。

——我が身は盾となりて、汝を、守ろう——

自分の命を必死になって助けてくれた、愛しい存在。

——我が魂は剣となりて、汝の敵を、討ち滅ぼそう——

フーミルは、この愛しく、頼もしい少年の為に生きる事を誓う。

『我が名はフーミル。我が兄、ヴィルムの敵を、切り裂く者なり』

瞬間、フーミルは治療されていた先程までの魔力とは違う、純粋なヴィルム自身の魔力を感じとる。

それは先程までの魔力よりも温かく、優しい魔力だった。

誓約の完了を見届け、近付いてきたヒノリとラディアに向けて彼女は不敵に笑う。

『ヒー姉様、ディー姉様。ヴィー兄様の、妹の座は、フーがもらったから、ね？』

あれだけ自分が姉である事に固執していたフーミルの変化に驚く二人だったが、すぐに顔を綻ばせて彼女の無事を喜んだ。

なお、目を覚ましたヴィルムがフーミルから兄様と呼ばれ、激しく動揺したのは別の話である。

＊　＊　＊　＊　＊　＊　＊　＊　＊　＊　＊　＊　＊

深手を負い、最早助からないと諦めそうになった時、命懸けで助けてくれたヴィルムの姿を見て、自分もこうありたいと強く想ったのだ。

（失敗すれば、皆死ぬ。フーも、メルも……ヴィー兄様も。でも、絶対に、助けてみせる！）

今度は自分が助ける番だと覚悟を決めたフーミルは、ゆっくりと目を閉じて精神を集中し始めた。

――優しき魂を持つ者よ――

敬愛する兄を想い、兄を助けたいと強く願う。

――我は汝の慶福を願う者なり――

ヴィルムとの共鳴《リンク》を深く意識し、その繋がる道をゆっくりと、大きく広げていく。

当然、そんな事をすれば自身に流れ込んでくる魔力量が増え、心地好いはずの感覚が苦痛へと変わるが大した問題ではない。

――汝の身に危機迫りし刻、今こそ我らが命約を果たさん――

「精霊獣様⁉　一体何をされるつもりですか⁉　お止め下さい！」

常に無表情だったハルツァンが、珍しく驚いた顔で何やら喚いているようだが、フーミルの耳には届かない。

――汝が魂に交わりて、我が全てを汝に捧げん――

自分の身体が融けていくような感覚を覚えながら、彼女は自身の名を口にする。

愛する兄とひとつとなる、自分の真名を。

『降臨融合《アドヴェントフュージョン》〈白狼姫《はくろうき》アトモシアス〉』

その瞬間、ヴィルムとフーミルの足下から激しい竜巻が生まれ、溢れ出したどす黒い魔力ごと、それぞれを包み込んだ。

二つの竜巻は縦横無尽に空間を馳せ、時にはぶつかり合いながらも徐々に同じ軌道を描き始める。

やがて、それは大きなうなりをあげるひとつの竜巻となり、周囲の塵芥を撒き散らしながら、地面に降り立った。

風船が割れるような音と共に弾け飛んだ竜巻の中には、白の装束に身を包んだヴィルムが立っていた。

普段とは対称的な真っ白に染まった髪、黒真珠のようだった瞳はエメラルドを彷彿とさせる色合いへと変化し、頭にはピンッと立つ耳が、そして両手足には刀剣のような輝きを放つ鋭く伸びた爪が生えている。

先程までの理性を失ったような様子はなく、その冷静な瞳はハルツァンを捉えていた。

「……これが奴らの言っていた精霊獣様との融合、か。実際にこの目で見ても、まだ信じられん」

あまりの光景に、冷や汗を流しているハルツァン。

その表情には先程までの余裕はなく、僅かながら指先も震えているようだった。

(「フー、すまなかった。おかげで助かったよ」)

(『ん、元に戻ったなら、問題ない。後は、メルを助けるだけ。皆で、帰ろ?』)

(「……あぁ、必ず、メルを連れて、皆で帰ろう」)

(『ん』)

メルディナは完全に死んだ訳ではないのだ。

ならば、助ける方法は必ずある。

融合した際、フーミルの呼び掛けによって理性を取り戻したヴィルムは、思考をまとめ、最善を目指して行動を開始する。

「ハルツァン、お前が精霊達を守りたい気持ちはよくわかる。だから、最後にもう一度だけ聞く。

メルを返すつもりは、あるか？」

「……出来ぬ」

短く答えたハルツァンが、構えをとる。

「そうか」

答えを聞いたヴィルムは、それに合わせるように前傾の姿勢をとった。

「〈アクアランス〉！」

先手をとったのは、ハルツァン。

後手に回っては不利と見たのか、先のやりとりでは見せなかった魔法を以って攻撃する。

同時に現れた三本の水槍。

広範囲に及ぶ大魔法を使わないのは、フーミルに対しての遠慮からか、はたまたメルディナを巻き込まない為の気遣いか。

放たれた水槍は、それぞれが弧を描いてヴィルムに襲い掛かる。

その射速は凄まじく、常人では避ける事はおろか、目で追う事すら叶わないだろう。

「芸がないな。メルの〈アクアランス〉の方が余程避け難かったぜ。〈エンチャントエアロ〉」

だが、ヴィルムは軽いステップを踏んだだけでそれらを避け、ハルツァンとの距離を一気に詰めると同時に、その手足に小さな竜巻が現れる。

自身の身体に風を纏わせる魔法。

それだけの事だが、物理的な攻撃を無効化する術式を掛けていたハルツァンにとっては脅威となる。

「くっ⁉　〈フレイ──〉」

「遅ぇよ」

ヴィルムの拳が、彼の腹部を捉えた。

否、間に合わないと悟ったハルツァンは、片腕を割り込ませて直撃を免れている。

「ぐあっ⁉」

しかし、たとえ直撃を免れようとも、小さな竜巻からは逃れられない。

盾にした腕にはいくつもの裂傷が出来、その傷口からは血が噴き出す。

最早、ハルツァンにとって相手ではなかったヴィルムの攻撃は、一転して凶器の塊となったのだ。

驚異的な速度で繰り出されるラッシュを、両腕を犠牲にしながら辛うじて直撃だけは避けていた

ハルツァンの表情が、痛みと焦りで大きく崩れる。

「馬鹿な……エルダーエルフ様の御力を得た我が手も足もでぬなど、あってはならない！」

「……もし、俺が一人だったなら、負けていたのは間違いなく俺だっただろうな」

事実、もしヴィルムが一人で来ていたら、彼はおろかあのゴーレム達も倒す事が出来なかっただろう。

「ありえない！　だとすれば、我は何の為にメルディナを犠牲にして力を得たのだ⁉　何の為に自分を偽り、同胞を見殺しにしたのだ⁉　今まで精霊様を御守りする力を得る為にやってきた事は、全てが無意味だったとでも言うのか⁉」

半狂乱で喚くその姿からは、先程までの余裕を持った人物と同じだとは想像がつかない。

最早使い物になりそうにもない両腕を見下ろし、その顔は徐々に青ざめていく。

「お前の選んだ選択肢が間違っているとは言わない。だが、その選択肢を選んだ時点で、俺とお前は敵対するしかなかった。〝精霊達を守りたい〟って想いは一緒のはずなのに、な」

もしハルツァンが違った選択肢を選んでいれば、共に戦う未来もあった事だろう。

たったひとつの選択肢が、彼らの道を決して交わらない方向へと導いたのだ。

「クッ、ククク ッ！　はっはっはっはっ！　まさか、ニーにも満たぬ人間に共感するとは思わなかったぞ。お前の言う通り、精霊様を御守りしたいと思う者同士が争うとはな。何とも滑稽な話よ」

突然、笑い出したハルツァンは、一頻《ひとしき》り笑った後、全身の力が抜けたかのようにその場に座り込む。

しかし、ボロボロであるにもかかわらず、彼から漂う雰囲気はハイエルフ族の長に相応しい者のそれであった。

「人間よ、我を殺せ。確実とは言えんが、まだメルディナの魂は元に戻るやもしれん」

「何だと？」

「我の魂とメルディナの魂はまだ混ざりあってはおらん。我を殺し、メルディナの魂を身体に戻せば、目を覚ますやもしれんと言っておるのだ。覚悟は出来ておる。一思いにやるがよい」

そのまま、ヴィルムに背を向けたハルツァンは、その想いを示すかのようにゆっくりと目を閉じる。

メルディナを蘇生させる手段がそれしかないのであれば、ヴィルムがそれを選ばない理由はない。

背後に立つヴィルムの気配を感じたハルツァンが、口を開く。

「人間の名など聞く気はなかったが、最期にお前の名を教えてくれぬか？」

「……ヴィルム。俺の名は、ヴィルム＝サーヴァンティルだ」

「ヴィルム、か。お前とはもっと早くに会いたかったぞ」

「……俺もだ。ハルツァン」

「くっくっくっ。人間に名前を呼ばれて嬉しく思えるとは、我も焼きが回ったものだ。もし、メルディナが目覚めたら、すまなかったとだけ、伝えてくれ」

「必ず、伝えておく」

「では、さらばだ」

一拍置いて、ハルツァンの首がゴトリと落ちる。

噴き出す返り血を浴びたヴィルムの表情は、何とも表現しづらいものであった。

【21】魂の叫び

首を無くしたハルツァンの身体から、薄紫色をした湯気のようなものが立ち上る。

（こいつからメルの魔力を感じる。これが、ハルツァンの言っていたメルの魂か）

どうやらそれは魔力に近い性質らしく、魔力の扱いに長けたヴィルムであれば取り扱うのは然程難しくはなさそうだった。

「融合解除《フュージョンアウト》」

ヴィルムがその言葉を発すると同時に、彼の身体は淡い光に包まれた。

徐々に強くなっていく光が空間を埋め尽くし、不意に一際大きく輝く。

数瞬後、光が収まった先にはヴィルムとフーミルの二人の姿が見えた。

「フー、疲れているだろうけど、もう少し付き合ってくれ」

『ん、フーなら大丈夫。早く、メルを助けてあげて』

フーの言葉に力強く頷いたヴィルムは、今にも霧散してしまいそうな魂の揺らめきを逃がすまいと片手へと集め始める。

「お師様！　メルちゃんは無事ですか!?」

「ヴィルムさん！　メル姉は無事か!?」

『メルー！　助けに来たヨー！』

そこに、勢いよく入ってきたのはクーナリアとオーマ。

どうやら遺跡の罠に引っ掛かったらしく、衣服は所々が破れ、怪我をしている箇所も目立っている。

祭壇に横たわるメルディナを見つけた二人が駆け寄ろうとするが、その前にフーミルが立ちはだかり、首を振った。

『今は、駄目。ヴィー兄様に、任せて』

ここで何があったのかをフーミルから聞いた彼女達は、メルディナが死の瀬戸際にある事を知り、真っ青になる。

「そんな……メルちゃんが……？　お、お師様！　メルちゃんは助かりますよね!?　死んだりしませんよね⁉」

「落ち着けクー！　ヴィルムさんの邪魔をしちゃ駄目だ！」

ヴィルムにすがり付こうとしたクーナリアを、ギリギリの所で止めるオーマ。

「放してオーマくん！　メルちゃんが！　メルちゃんがッ‼」

「うっぐっ⁉　ヴィルムさんの邪魔をしたら、それこそメル姉ちゃんが死んじまうかもしれないんだぞ！　それでもいいのかよ⁉」

クーナリアは身体強化を発動しているらしくオーマを振り切ろうとするが、彼の一言が聞こえたのか、ぴたりと動きを止める。

そのまま、力なくへたりこんでしまったクーナリアの目尻には大粒の涙が溜まっていた。

『ん～？　うるさいなぁ。人が気持ちよく寝てたのに～……って、皆どうしたの？　やけに暗い顔しちゃって』

陰鬱な雰囲気の中、ようやく香の効果が切れたのか、ミゼリオが場違いな声と共に目を覚ます。

起き抜けで事態が把握出来ていないらしく、異様な雰囲気に目をぱちくりさせていたが、フーミルから事情を聞くと共にケタケタと笑い始めた。

『そ～んな訳ないじゃん！　いくらワタシでもそんな冗談に引っ掛からないって～！』

そのままメルディナの顔近くまで移動したミゼリオは、笑いながら彼女のオデコをペシペシと叩く。

『でも酷くない～？　メルまで一緒になってワタシをからかうなんてさ～』

しかし、メルディナが何の反応も返さない事に首を傾げた彼女の顔は、事態を飲み込むにつれて徐々に青ざめていった。

『ウソ……冗談、なんだよね？　ねぇメル！　何とか言いなさいよ！　何とか言ってってば！』

半狂乱に陥ったミゼリオをフーミルが抑えるが、がむしゃらに抜け出そうと暴れまわる。

『ミオ、落ち着いて。今、ヴィー兄様の邪魔をしたら、本当にメルが死んじゃう』

『でも！　でもぉ……！』

すでにミゼリオの顔は涙でぐしゃぐしゃになっている。

クーナリアは元より、オーマも必死で涙を堪えようとしているのか、ぷるぷると震えながら天井を仰いでいた。

「……よし、集まった」

まるで通夜のような雰囲気の中、全員がヴィルムの言葉に反応して顔を上げる。

メルディナの側で片膝をついたヴィルムは、集めた魂の揺らめきを、少しずつ、少しずつ、僅かでも零れ落ちる事がないように、細心の注意を払って注ぎ込んでいく。

「メルちゃん！　お願い！　目を覚まして！」

『メル！　ワタシを置いて死んだりしたら、絶対に許さないんだからね！』

「メル姉！　頼むから、目を開けてくれよぉ！」

『メル、逝っちゃダメ。早く、戻ってきて』

各々がメルディナに呼び掛けるが、反応がない。

時間が経つにつれ焦燥感が募っていき、最悪の展開が頭を過る。

そして、自身の手から最後の一雫が注ぎ込まれると同時に、彼は叫ぶように呼び掛けた。

「メル、帰ってこい！　俺には、お前が必要なんだ！」

想いを乗せたヴィルムの叫びに、メルディナの目尻がピクリと動く。

彼女に反応があった事でヴィルム達の表情は一転し、この機を逃すまいと一斉に声を掛け出した。

最早、誰が何を言っているのかわからなくなった時、メルディナの目がゆっくりと開く。

歓喜の声を上げるヴィルム達に目を向けたメルディナは――、

『あー……起き抜けにこんな展開は予想外だわ。え、何？　いつからアタシの部屋は集会場になったワケ？』

頭や腹をぼりぼり掻きながら起き上がり、胡座をかいておおよそ彼女とは思えないけだるそうな欠伸をした。

「……お前は、誰だ？」

『あぁ、そりゃ気付くわよね。アタシとこの子じゃ性格全く違うしさぁ』

ヴィルムが発した殺気に微塵も反応を見せず、むしろからかうようにケタケタと笑い出すメルディナ（？）。

『ちょっと！　アンタ誰よ⁉　メルはどこにいったの⁉』

「そ、そうです！　その身体はメルちゃんのものなんですから、メルちゃんに返して下さい！」

メルディナの親友である二人の反応は特に顕著で、クーナリアに至っては言葉は丁寧だが大斧に手をかけている始末である。

『クーナリアちゃんもミゼリオちゃんも、そんなに興奮しないの。可愛い顔が台無しよ～？　それにメルディナちゃんはまだ起こす訳にはいかないわ。今回の一件で、魂にちょっとばかり負担が掛かっちゃったからね』

まるで小さな子供をあやすかのようにクーナリアとミゼリオの頭を撫でたメルディナ（？）は、パチリとウィンクをしてみせた。

『もしかして、貴女は、エルダーエルフ？』

『せいか～い！　さっすがフーミルちゃん。やっぱり可愛い子って見る目があるのね～！　アタシの名前はアーシェ。この遺跡で眠っていたエルダーエルフよ』

嬉しそうにフーミルの頭を撫でた自称エルダーエルフらしいアーシェは、満面の笑みと共に自己紹介をする。

「今すぐ、メルディナの身体から出ていけ」

それは、殺気こそ消えたものの、不快感を隠そうともせず表情に浮かべているヴィルムの声。

メルディナとは似ても似つかないアーシェが、彼女の身体に乗り移っているのが我慢ならないのだろう。

『あら、いいの？　今私が出ていったら、この子死んじゃうけど？　さっきも言ったけど、メルディナちゃんの魂は傷付いている状態よ。今、アタシが繋ぎ止めてないと、遠くない将来、メルディナちゃんの魂は消えてしまうでしょうね』

彼女の話は可能性としてゼロではないと考えてしまったヴィルムは、それ以上口を挟めなくなってしまった。

『ていうか、ぶっちゃけアタシとメルディナちゃんの魂って完全に混ざり合っちゃってるから、今更引き剥がすなんて無理なんだけどね～』

真面目な表情から一転、再びケタケタと笑い出したアーシェに苛立ちを覚えたのはヴィルムだけではないはずだ。

そんな視線の最中、平然と笑い続ける彼女の胆力は相当なものなのかもしれない。

『まっ、メルディナちゃんが回復したらちゃんと代わってあげるわよ。それよりも、少しこれからの事を話さない？　ね？』

笑い終えたアーシェは、十分に楽しんだとばかりに人差し指を口元に当て、再びウィンクした。

＊　＊　＊　＊　＊　＊　＊　＊　＊　＊　＊　＊　＊　＊

「やぁ、ラーゼン」

閉塞された部屋の中、書類をまとめていたラーゼンの手がピタリと止まる。

「ユリウスか。結果は？」

「予想通り、ヴィルムくんの勝ちさ。ハイエルフ族は半数程死んでたよ。エルフ族に被害はなし。魔鉱石の存在はバレちゃったみたいだね」

以前、記録したヴィルム達の戦いとハルツァンの実力からある程度の結果を予測していたラーゼンは特に驚く事はなかったが、少し芝居掛かった風に溜め息を吐きながら両手を掲げるユリウスの様には苛立ちを覚えた。

「はぁ……確かに頼んだのは奴の監視と補助だったが、魔鉱石については隠蔽に手を貸してくれても良かっただろうに」

「ボクは依頼にない仕事はしない主義なんだ」

「初めて聞いたな。次からは是非最初に言ってくれ」

相変わらずの掴めない性格にこめかみを抑えながらも、報酬はきっちり支払うあたり、彼の真面目な性格が伝わってくるようだ。

「毎度～」

以前と同じく、金額を誤魔化す訳がないとばかりに中身の確認もせずに小袋を懐にしまい込むユリウス。

「それよりも、あの忌み子とやり合う準備とやらは整ったのか？」

「ん～、もう少しって所かな？　いい線いってると思うんだけど、ヨミやサンドラには無理をさせられないしね」

「そうか。準備が出来た時は教えてくれ。お前の戦闘力を組み込んだ策を用意する」

「はいはい、完成したら、ね。んじゃ、ボクは帰るよ。今日は皆で遊びに行く約束をしてるんだ」

ヘラヘラと笑ったユリウスは、来た時と同様にその気配を感じさせる事なく去っていった。

彼がいなくなると同時に、ラーゼンは先程よりも大きな溜め息を吐く。

「遊びに、か。気楽なものだな。こっちは魔鉱石の存在がバレた事を報告せねばならないというのに……」

自身の過失ではないものの、この事を報告すれば数人の同僚から嫌みを言われるのが目に見えている。

「これ以上、資源を奪われるのは不味いな。奴らが嗅ぎ付ける前に手を打っておかねば……おっと」

長時間座り続けて書類を整理していた為、足に力が入らずよろけてしまったラーゼンはバランスを崩して机にぶつかってしまう。

その際に床に落ちてしまった一枚の書類。

そこには〝占領完了した精霊の集落について〟と書かれていた。

The Summoner
Who was Despised as 'Shunned Child'

クーナリアとオーマの遺跡探索

所狭しと木々や植物が生い茂る森の中。

それらを物ともせず、素早く駆け抜ける二つの影があった。

その二つの影は、少し開けた場所に出ると足を止めて周囲を見渡す。

「う～ん、こっちの方向なのは間違いねーんだけどなぁ。ヴィルムさん達はどこ行っちまったんだ？」

「まだ先、なのかな？　早くしないとメルちゃんが……」

メルディナの救出に向かったヴィルムとフーミルを追い掛けてきたオーマとクーナリアだ。

ヴィルム達の痕跡を見逃すまいと慎重に目を凝らすオーマに対して、メルディナの事が気掛かりなクーナリアはソワソワと落ち着きがない。

「落ち着けって。ヴィルムさんとフーミルさんが先行してるんだから、オレ達はまず追い付く事だけ考えればいい。焦ったってメル姉ちゃんが戻って来る訳じゃねーんだからさ」

「そ、それはそうですけど、でも……」

不安を隠せないクーナリアだったが、オーマの言葉に頭を振ってその感情を振り払う。

その時だった――、

「ううん、オーマくんの言うとおりですね。まずはお師様達がどこに行ったのか――ふえッ⁉」

まるで、何かが砕け散ったような、くぐもった重低音が鳴り響いたのは。

突然鳴り響いた異音に思わず身体を硬直させた二人の視線は、同じタイミングで、同じ方向に向けられる。

「「お師様だヴィルムさんだ！」」

顔を見合わせた二人はお互いの意見が一致した事に頷くと、音が聞こえてきた方向に向かって一目散に駆け出した。

しばらくして、石材で造られた遺跡に辿り着いた二人は、警戒しながらもその中へと足を踏み入れていく。

そこには、元は壁であっただろう場所に大穴が空き、無数の瓦礫がそこかしこに散らばっていた。

「ヴィルムさん達はこの中か……？」

「多分……こんな硬そうな石の壁に大穴を空けられるなんて、お師様以外にそんなにいるはずがないですから」

「だよな。なら、オレ達も行くしかねぇ！……お？」

気合いと共に、勇んで内部に侵入したオーマの足下から、カチッと乾いた音が鳴る。

「オ、オーマくん！　上！　上！」

オーマのすぐ後ろを付いてきていたクーナリアの叫ぶような声に視線を移すと、そこには無数のマジックアローが出現し、その切っ先を二人に向けていた。

その直後、マジックアローは大雨の如く二人へと降り注ぐ。

「どわぁぁぁあっ⁉」

「わわわわわっ⁉」

焦りの表情を浮かべながら、薙刀でマジックアローを打ち落としつつ、そこに出来た僅かな空白の場所に移動しながら回避していくオーマに対して、クーナリアは壁を背に陣取り、迫りくるそれらを大斧を振り回す事で無差別に叩き落とし、回避不可能なものはガントレットやグリーヴにうまく当てる事で凌いでいた。

しかし、二人は完全には見切れてはいないようで、衣服の端々や薄皮一枚を掠め、いくつかの小さな傷を作っている。

「く、くっそっ！　キリがねぇ！」

「オーマくん！　奥にはマジックアローが届いてないです！　あそこまで飛び込むです！」

「か、簡単に言ってくれるぜ……！　行くしかねぇけど、よっ！」

掛け声と共に床を蹴ったクーナリアが大斧を振るってマジックアローを払い落とすと、そこに一瞬出来た空白地帯に飛び込んだオーマが、更に踏み込んで先のマジックアローを振り払った。

そしてオーマが空白地帯を作り出すと、次はクーナリアが先へと踏み込んで再び大斧を振るう。

お互いが交互に空白地帯を作り出す事によって、何とかマジックアローが降り注ぐエリアを抜けた二人は、安堵のため息と共にその場に座り込んだ。

「は、入った途端、こんなトラップ有りかよ」

「も、もし一人だったら、駄目だったかもしれないです」

「……始めからこんなトラップが仕掛けられてんなら、この先はもっとひでぇのがありそうだな」

初手から殺意が高すぎるトラップに冷や汗をかく二人だったが、大きく深呼吸をすると、更に気を引き締めて先へと歩を進めた。

・クリアタイム：四分二十六秒

～ヴィルムとフーミルの場合～

「フー、一気に駆け抜けるぞ！」

「ん、わかった」

・クリアタイム：二秒

周囲を警戒しつつ、閉鎖的な通路をゆっくりと進んで行くと、少しばかり開けた小部屋のような空間が見えてきた。

「ど、どう見ても怪しいです。絶対罠が仕掛けられてるですよ？　ここ」

「あぁ、あからさまだな。不用意に足を踏み入れると……ってところか」

そう言って足下の小石を拾ったオーマは、小部屋に向けてそれを投げ入れる。

かつん、かつん、と、乾いた音を響かせるも、小部屋の中に変化はない。

「……反応なし、か。とりあえず、一回入ってみようぜ。どうせ、他に道はないんだし」

「き、気をつけるですよ？」

あっさりと罠に掛かってしまった先程の一件を反省し、摺り足で小部屋に近付いていくオーマ。

そして、彼が小部屋へ足を踏み入れようとしたその瞬間――――、

「なっ、ちょっ、だあぁぁぁぁぁっ⁉」

「オ、オーマくん⁉」

その足下周辺の石床が煙の如く消え去り、足場を失ったオーマは重力に逆らう事が出来ず、穴の中へと落ちていく。

「くっ‼　このぉっ‼」

薙刀を壁に突き刺す事で底まで落ちる事を免れたオーマに、穴の上から慌てたクーナリアが声をかける。

「オーマくん、大丈夫ですか⁉」

「あぁ、何とかな。ただの落とし穴だか、ら……ッ⁉」

眼下に見えたのは、穴の底で蠢くスライムの大群であった。

基本的に動きが緩慢でゼリー状の身体に覆われた核を潰せば倒せる為、弱いとされるスライムだが、ことさら閉鎖的な空間においては驚異的な魔物である。

有機物はおろか、無機物さえも溶かしてしまう酸性の身体は雑食性の彼らにとって最高の特性と言っても良いだろう。

事実、一部の噂を信じ、雑魚だと舐めてかかった駆け出しの冒険者達がスライム達の餌食となる事例も珍しくはない。

更には、雌雄の区別がなく、単体で増え続ける増殖性、例え食べる物がなくとも分裂した個体を喰らう事で生き続ける長寿性。

正に、〝掛かった者を殺す〟という目的の落とし穴においては最も効率的な魔物であると言える。

もし、オーマが底まで落ちていれば、骨すら残らず溶かされてしまっていた事だろう。

「落とし穴の中にスライムかよ！　殺意が高いにも程があんだろ！」

「オーマくん！　これに掴まるです！」

罠の製作者を罵ったオーマは、クーナリアがおろした縄を登り、辛くも落とし穴を脱出する。

・クリアタイム：二分五十一秒

※ヴィルムとフーミルの場合

「あそこ、空気の流れがおかしい。多分、落とし穴」

「流石だな……飛ぶぞ！」

「ん！」

・クリアタイム：〇、五秒

「はぁっ、はぁっ、全く、質が悪いぜ。ここを作った奴は、どんな性格してんだよ」

「オーマくんは少し休んでて下さい。次は私が先に行ってみるです」

緊迫した状態から解放された事で息を弾ませるオーマを気遣い、クーナリアは油断なく周囲を見渡しながら小部屋に入っていく。

歩を進める前には小石を投じ、壁や天井からマジックアローが現れた時に備えて大斧のグリップを握り締め、小部屋の中央付近まで来た時、仕掛けられていた罠が作動した。

「クー！　吊り天井だ！」

「ッ⁉」

天井から落ちてきた小石を見ていち早く察知したオーマが叫ぶと同時にクーナリアが天井を見上げると、巨大な岩盤が落ちてくる。

回避は間に合わない。

そう判断したクーナリアは、大斧を逆袈裟に構えると同時に身体強化を施し、烈火の気迫と共にそれを振り抜いた。

「せぇぇやぁぁぁああっ‼」

まるで爆発するように砕け散った岩盤が、小部屋を埋め尽くす。

(相変わらず、すげー破壊力だな……)

過去に、彼女の一撃を経験した事があるオーマは、内心、よく死ななかったものだと冷や汗を流していた。

質実剛健なクーナリアにとっては、ちまちまとしたマジックアローに比べると余程対処がしやすかったに違いない。

・クリアタイム：四十三秒

※ヴィルムとフーミルの攻略法
「吊り天井だ。落ちて来る前に――――」

「『駆け抜ける!!』」

・クリアタイム：一秒

「なるほど。重さに反応するトラップか。小石じゃ反応しない訳だ」

「オーマくん、その言い方だと、私が重いみたいに聞こえるからやめて欲しいです……」

「えっ？　あ、わりぃ、そう言う意味で言った訳じゃねーんだ」

「……別にいいですけど」

そっぽを向くクーナリアの頬は少し膨れている。

最近の彼女は、自身の身長に対して体重がそれなりにある事を気にしていた。

当然、それは彼女の魅力のひとつでもある二つの巨星が主な原因だとわかってはいるのだが、それでも許容したくないらしい。

むくれるクーナリアを宥め、何とか機嫌を直してもらった所で先へ進んだ二人は、十字路の手前で足を止める。

「これは……ヴィルムさん達はどの道を進んだんだ？」

「わからないですけど、進んでみるしかないですよね……あたっ⁉」

とりあえず、真っ直ぐに進もうとしたクーナリアだったが、不意に見えない何かに頭をぶつけてしまい、額を押さえる。

「な、何ですか？　見えない壁みたいな物があるです」

「マジか。右と左は普通に進めそうだけど、な～んか嫌な予感がするんだよな～」

「気が合うですね、オーマくん。実は私もそんな気がしてるです」

本能的な危機感に従い、一旦来た通路へと戻ろうとした二人だったが、予想通りというべきか、前方と同じ〝見えない壁〟に阻まれていて戻る事が出来ない。

「今まで通れていた道が通れない、残ったのはただただ真っ直ぐな一本道……」

「しかもこの道、ちょっとばかり下り坂になってやがる。今までのトラップから考えりゃ、次に来るのは当然――――」

自分達の置かれた状況から、次に来るであろう罠が予測出来た二人は、見るからにげんなりとした様子で溜め息を吐く。

溜め息を吐く二人に、何かが地面を揺るがす地鳴りと共にこちらへと近付いてくる。

「「だよなーですよねー⁉」」

それはオーマやクーナリアの七～八倍はあろうかという、巨大な鉄球であった。

悲鳴に近い叫び声と共に、左へと延びる通路に向かって駆け出す二人。

二人の身体能力は常人と比べて相当に秀でている為、追い付かれて潰される可能性はほぼないと言えるのが唯一の救いだろうか。

「クー！　さっきの吊り天井みたいにアレ壊せねーか!?」

「アレが何で出来てるかによるです！　もし私の武器より硬かったら二人ともぺちゃんこですよ!?」

「二人で受け止めるのは!?」

「いけるかもですけど、勢いがつきすぎてて危険だと思うです！」

対応策を考えながら走り続ける二人だったが、その先は行き止まりの上、底の知れない奈落へと続く穴が口をあけて待っていた。

「げっ!?　マジかよ!?」

こうなってしまえば、鉄球を受け止めるという選択肢はとれなくなる。

うまく鉄球を受け止めたとしても、勢いが止まるまでに奈落の穴に落ちてしまうからだ。

焦りの表情が露になっているオーマに対して、クーナリアは自分とオーマを一瞬見比べると、声を張り上げた。

「……オーマくん！　私に付いてきて下さい！」

「うぇ!?　お、おう!!」

オーマが自分の後ろに位置どったのを確認したクーナリアは、更に走る速度を増していく。

そして穴の手前で進路を塞ぐ壁に向かって跳躍すると、三角飛びの要領で通路の反対側に飛び、鉄球と壁床に出来た僅かな隙間に身体を滑り込ませた。

途中でクーナリアの意図を察したオーマも、彼女と同じ進路を辿り、鉄球を躱す。

盛大な音を響かせながら奈落へと落ちていく鉄球を背に、二人は本日何度目になるかわからない安堵の溜め息を吐いた。

「ふー、何とかなったですね」

「あぁ、クーのおかげで助かった――――ゼッ⁉」

ふと、クーナリアの方へと視線を向けたオーマは、一瞬ビクリと震え、固まってしまう。

「オーマくん？　どうしたですか？」

「い、いや、その、違くて――――」

急に挙動不審となったオーマを心配するように近付くクーナリアだったが、彼女が近付いていくにつれて、彼の動きは余計に慌ただしくなる。

しかし、その視線は一点に集中しており、不思議に思ったクーナリアがそれを追って自身の下腹部に目をやると――――、

「ふ、ふ、ふやぁぁぁああっ⁉」

彼女の下着が、丸出しになっていた。

どうやら隙間に滑り込んだ際、衣服が捲れ上がってしまっていたらしい。

慌てて裾を整えたクーナリアは、目尻に涙を溜めてオーマを睨みつける。

「う、あ、その……すまん」

流石にその視線が気まずかったのか、頭を掻きながら謝るオーマ。

しかし、あまりの羞恥心に冷静さを欠いているクーナリアは、その謝罪を無視するように自分達が今通ってきた道を引き返すのであった。

・クリアタイム：二十二分三十秒

※ヴィルムとフーミルの場合

『ヴィー兄様、どっち？』

「真っ直ぐだ」

『ん、わかった』

・クリアタイム：〇・五秒

先程の十字路に戻ってきたクーナリアとオーマは、見えない障壁が消えている事に気付き、そちらへと進む。

どうやら、戻ってくる間にクーナリアの許しを得たらしく、二人の間のギスギスとした雰囲気は解消されていた。

「左右の壁に数えきれない穴か。今回はあからさまだな」

「落ちている槍の切り口がまだ新しいです。お師様達がここを通ったのは間違いないですね」

「一応、天井や床も気にしといた方がいいな。ここを作った奴の事だから、槍に気をとられた所にマジックアローや落とし穴があるかもしれねぇ」

これまでに経験した罠の数々を思い出したのか、深々と溜め息を吐きながらぼやくオーマ。

「私が左側を受け持つです」

「なら、オレは左だな。いい加減、頭にキてたんだ。徹底的にぶっ壊してやるぜ！」

二人の予想通り、トラップエリアに足を踏み入れると同時に壁に開いた穴からいくつもの槍が襲い掛かってきた。

「そぉっれっ！　はぁっ！　せやぁっ！」

「オラァ！　まだまだぁ！」

ここに来るまでに体験した凶悪な罠に比べると難易度が低い事に違和感を覚えつつも、今までの鬱憤を晴らすかのように槍を破壊していく二人。

「……え？　これで、終わり、ですか？」

「……そうみたいだな。何か釈然としないが」

トラップエリア自体は長かったものの、終わってみれば、先程までの懸念が何だったのかと言わんばかりにあっさりと突破してしまっていた。

・クリアタイム：十一分三秒

※ヴィルムとフーミルの場合
「フー、左右の壁から槍が出てくる。気を付けろ」

『ん、邪魔なのだけ、壊す』

・クリアタイム：三秒

先のトラップエリアでストレスを発散した二人の表情は、若干スッキリしたものとなっていた。

多少なり余裕が戻っている証拠ではあるのだが、あのトラップエリアの本当の狙いはここにある。

そもそも、入り口からの凶悪な罠の数々を突破してきた侵入者に、たかが無数の槍が突き出てくるだけの罠で討ち取る事が出来るだろうか？

遺跡の製作者は突破される事を前提とし、侵入者達の警戒心を緩ませる為に単調な罠を仕掛けたのだ。

尤も、いくら単調な罠であるとは言え、常人から見れば殺意丸出しの罠に違いはないのだが。

そんな製作者の思惑通り、警戒心が幾らか薄れた二人が、次のトラップエリアに辿り着く。

そこは吊り天井の罠が仕掛けられていた場所と同じくらいの空間であり、床にはいかにもといった色違いの部分があちらこちらに点在していた。

「落とし穴、だよな？」

「だと思いますけど、そうと見せ掛けて吊り天井かもしれないですし……」

「行ってみなきゃ始まらねーか。クー、オレが先に行く。何かあったら、サポート頼むぜ」

「わかったです。気をつけて下さいね？」

部屋に入ったオーマは、まず色違いの床を避けて歩き始める。

慎重に歩を進め、進行方向が色違いの床に囲まれた箇所で止まった彼は、どう進むかを思案し始めた。

（んー、こっからどーすっかな……最悪、これ全部が落とし穴って事も――――）

突如、今まで何ともなかった足下の床が抜け落ちる。

「おわっ⁉」

「オーマくん⁉」

完全に虚を衝かれたオーマだったが、反射的に穴の淵に手を掛ける事で落下を逃れた。

下を見れば、やはりというべきか、大量のスライム達がひしめき合っている。

「オーマくん！　すぐに助けに行キャァァァァッ⁉」

「クー！　どうした⁉」

オーマの元へと駆け出したクーナリアだったが、どういう訳か彼の進んだルートを辿っていたにも関わらず、床が抜け落ちた。

オーマとは違い、そのまま落ちるかに見えた彼女だったが、背負っていた大斧をフルスイングし、壁に打ち付けて落下を止める。

「ふー、危なかったです。よいっしょっと……んっ!!」

そしてその大斧を足場に上がると、驚いた事に指を壁にめり込ませて登り始めた。

当然、大斧を回収した上での事である。

「お、おい！　大丈夫……みたいだな」

彼女が凹凸がほぼない壁を淡々と登っていると、穴からよじ登って助けにきたオーマがその姿を見て呆気にとられてしまう。

「はい、何とか」

「そ、それならいいんだけどよ……」

見た目が見た目なだけに、パワフルすぎる方法で落とし穴を登ってきたクーナリアに、若干恐怖が宿った視線を送るオーマ。

そんな彼の視線に気付いたかどうかはわからないが、立ち上がったクーナリアはオーマの手を両手で包み込んだ。

「えっ……？」

突然、手を握られた事に動揺するオーマに、クーナリアがにっこりと微笑む。

「オーマくん、ちょっとだけ、我慢して下さいね？」

「い、いや、我慢て、一体何を――」

言い終わる間もなく、オーマの身体は宙に投げ出された。

「どわぁぁぁぁあああっ⁉」

クーナリアが、彼を出口に向かって投げ飛ばしたのだ。

そのまま地面に叩き付けられてしまうかと思いきや、そこはヴィルムの修行を受けているオーマである。

空中で体勢を整えた彼は、叩き付けられる寸前に受け身をとり、ダメージを最小限に抑えた。

そして彼を投げ飛ばしたクーナリアはというと、天井付近まで飛び上がり、大斧を打ち込み、そこから指をめり込ませ、再び大斧を打ち込み……といった荒業を繰り返し、出口まで辿り着いてしまった。

「クー、せめて、一声掛けてくれよ。死ぬかと思ったぞ？」

「え？　言ったですよ？」

あっけらかんと言い放つ彼女の言葉を辿ってみれば、投げ飛ばされる直前に何か言われた様な気がする。

（……あんなんでわかる訳ねーじゃん）

急に手を握られて少しばかり動揺していたからか、彼女の意図に気付く事が出来なかったのだ。

「それに、お師様と修行してるオーマくんが、これくらいで死ぬ訳ないです」

「……いや、まぁ、そうかもしれないけどよ」

平然と言い切ったクーナリアの瞳は、自身の選択肢に間違いがないとばかりに澄みきっている。

そんなクーナリアを目の当たりにしたオーマは、将来脳筋となった彼女の姿を思い浮かべるのであった。

・クリアタイム：十九分二十秒

～ヴィルムとフーミルの場合～


『穴の位置、丸わかり』

「壁を伝っていけば問題ないな」

・クリアタイム：六秒

落とし穴エリアを無事に抜けた二人は、目の前に広がる光景に唖然としていた。

「おいおい、いくら何でもこれはねーだろ」

「う、うわぁ……」

そこには、忙しなく動き続ける数多の刃。

今までとは違ってそれらを隠すつもりは毛頭なく、その代わりに生きて通す気は全くない製作者の意思を表すかのように上下左右関係なく刃が動き回っているのだ。

天井にあるギロチンは上下に動きながら左右へ振れ、床には回転する丸いノコ刃が猛スピードで左右を往復しており、左右の壁には無数の槍のようなものが生えている。

「やべーなこりゃ。こんなもん、どうやって通りゃいいんだ？」

「う～ん。あれの上に飛び乗れば……」

突破する方法を思い付いたらしいクーナリアが、激しく振れるギロチンの上に跳び乗る。

恐らくは、刃のない箇所を伝って向こう側まで渡るつもりなのだろう。

しかし、この遺跡の製作者がそんな単純な突破方法を残しておくはずがない。

「うひゃうっ⁉」

クーナリアが次のギロチンに跳び移ろうとした瞬間、空間の奥から飛来した、十数本のマジックアローが彼女を襲う。

「クー⁉　大丈夫か⁉」

「う、うん。何とか……よいしょっと」

間一髪、ギロチンに足を掛けて逆さ吊りになる事でマジックアローを避わしたクーナリアは、反動をつけてオーマの位置まで戻ってきた。

突破する方法を考える二人だったが、良い手は思い浮かばず、時間だけが過ぎていく。

オーマが苛立ちを感じ始めた頃、横にいたクーナリアがぽつりと呟いた。

「もうこれ、全部壊してしまうですか」

「はぁ⁉」

突拍子もないクーナリアの案に、思わず彼女の方を向くオーマ。

メルディナの救出の為に時間が惜しい中で、思うように進む事が出来ない現状にストレスが溜まっていた彼女の目は、完全に据わっていた。

「ふふふ、私がぶっ壊しながら進むです。オーマくんの武器は破壊するのに向かないですから、サポートをお願いするですよ？」

「いや、ちょっと待――――」

「せぇぇぇやぁぁぁぁぁぁあああっ‼」

渾身の力で振り下ろされた大斧が、床を砕く。

当然、その辺りに配置されていたノコ刃は砕け散り、勢いよく飛散した鉄屑が天井や壁にめり込む始末だ。

「うっりゃぁぁぁぁぁああっ‼」

次いで、振り抜いた大斧がギロチンを直撃し、衝撃でひしゃげると共に奥に続くそれらを巻き込んで吹き飛んでいく。

「……すっげ」

クーナリアとは渡り合える強さを誇るオーマだが、彼の戦闘スタイルは速さに重点を置いたものであり、一撃の重さにおいては彼女の方が圧倒的に強い。

（オレ、クーのアレ受けてよく無事だったな）

それは知っていたものの、仲間である自分との戦闘訓練では無意識に加減が入る為、彼女の全力を見るのが初めてだったオーマは冷や汗を流した。

どうやらマジックアローは一定の高さ以上にならなければ反応しないらしく、そのエリアを散々に破壊しつくしたクーナリア（とオーマ）は悠々と先に進むのであった。

・クリアタイム：三十八分五十七秒

～ヴィルムとフーミルの場合～


『（スンスン）　メルの匂い、もうすぐ』

「わかってる。フー、刃の合間を突っ切るぞ」

・クリアタイム：四秒

ギロチンエリアを無事に抜けた二人に、突風が吹き付ける。

「わわわっ!?　風……？」

「こんな遺跡の中で風が吹く訳ねぇ。ヴィルムさん達はこの先だ」

密閉された条件下で突如発生した風の主はフーミルしかいないと断定したものの、罠を警戒して駆け出したい気持ちを抑える。

今までと同じく、罠の有無を確認しながらじりじりと前進していった二人の前に、今までとは比べ物にならない程広い空間が現れた。

その部屋には、何かの残骸らしき物が放置されており、その奥にはほぼ半壊した扉らしき物が見えている。

「これは……何でしょうか？」

「こりゃゴーレムか？　こんなにデカいのは初めて見るけど」

「お師様達が倒したんでしょうか？」

「多分な……!?　（クー！）」

突然、口元に指を当てて静かにするように指示するオーマに従うクーナリアの耳に、誰かの話し声が聞こえてきた。

何を話しているのかは聞き取れなかったが、その話し声は半壊した扉の向こう側から聞こえてきているようだ。

お互いに顔を合わせて頷き合った二人は、半壊した扉をくぐるのであった。

あとがき

〝忌み子と呼ばれた召喚士〟第三巻をお買い上げ頂きまして、まことにありがとうございます。今巻はメルディナとフーミルがメインの回となりましたが、お楽しみ頂けたでしょうか。

クーナリアがヴィルムとの修行でどんどん強くなっていく中で、メルディナのパワーアップをどうするかと考えた末、思い付いたのが今回のエピソードでした。

メルディナとその家族のエピソードの構想は前々からあったのですが、そこにパワーアップ（エルダーエルフ）要素を加えた事で色々と矛盾が生じた結果、手直しに手直しを重ねてとても難産になってしまいましたね。

とはいえ、メルディナやクーナリアへの態度が軟化を通り越して甘々になってしまったヴィルム、そしてそんな彼を見た彼女達の反応を書くのは凄く楽しかったのですが（笑）

今回、執筆していて、人の成長や感情、周囲の反応など、〝変化〟を文字で表現する難しさを直に感じました。

ひとつのものが〝変化〟すれば、その周囲には変化するものもあればしないものもあります。その〝変化〟が決定事項であるにもかかわらず、それが矛盾を生み出した時は執筆の手がピタリと止まってしまい、そのまま進まないという事も多々ありました。

これればかりは気付いた時に修正するしかないのですが、予め、構成を練る時点で何らかの対応が出来るように気を付けていきたいですね。最後に、当作品を発刊して頂いたＴＯブックス様、数々のアドバイスにサポートをして頂きました担当編集者様、ヴィルム達の魅力を引き出して頂けたこよいみつき様、そして当作品を応援して頂きました読者の皆様に、厚く御礼申し上げます。

今後とも〝忌み子と呼ばれた召喚士〟をよろしくお願い致します。

The Summoner
Who was Despised as 'Shunned Child'

描き下ろし出張漫画＆
コミカライズ第一話

漫画：コイシ
原作：緑黄色野菜
キャラクター原案：こよいみつき

今日はヴィルムのために
朝食を作るよ！
サッ
ヒノリ姉さん料理できたっけ
おわー できるって!!
へー
まずは愛情！次にあいじょう！
二に愛情!!
ババババババ
アイジョウ！
ヴィルムに愛情!!
なんじゃ顔色がよくないのぉ
ヴィル坊
うん…
ちょっとお腹の調子がよくなくって…
完食した
腐ったものでもくったのかえ？
いや…
いたって新鮮な物だったと思うけど…
その様子では昼ごはんはまだであろう
少しでも腹に入れるといいぞ
あ… ありがとうディア姉
ザ
なにやらうまいちょーみりょーをてにいれたのでな
そいつにつけといたぞ
!?
マヨネーズ的な味の何か

あらあらどうしたの具合が悪そうね…
完食した↓
いや…なんでもないよ
ぐるるる…
母さんにできることがあったらなんでも言ってね
いや…本当に大したことないから…
おろおろ
あ
最近母さんヴィルくんのために料理を勉強してるの!
ブシュー
これを食べたら元気が出るかも!!
医務室にはあの3人は入れないでおこう
ズーーーン
……
OK
よく考えたら
いつも食べてた料理は一体だれが…
おいしー
おはようございますヴィルム殿朝食をとられてはいかがでしょうか
4回目のパターン↓
そ
そうなるよね…
?
ミーニとふたりで作りました
パク
おいしい!!
いつもの味だ!!
ジェニー…いつもありがとう
このあとみんなで料理を猛特訓した
ぎゅ…

ねぇあなた
本当にこの子を捨てないといけないの?
もう何度も話しあっただろう?
災いをもたらす呪われた忌《い》み子であるこの子を街に置いておくわけにはいかないんだ
で でも!

目や髪の色が黒いだけで忌み子と決まったわけじゃ！
黒目と黒髪は忌み子の証だ！
お前だって生まれた忌み子を育てた結果
そいつらの街や村がどうなったか知らないわけじゃないだろ！
……
…怒鳴ってすまなかった
その子を捨てなければ俺たちどころか街のみんなにまで迷惑をかけてしまう
俺だって好きで自分の子を捨てたいわけじゃないんだ
そうね 国王様の御命令だもの…ね

ごめんね…
ごめんね…ッ

第1話

魔霧の森
大気中の魔力濃度が高すぎるゆえに発生した滅多に晴れることのない霧に覆われた森
モワ
魔力によって進化した強力な魔物が徘徊しているため
進んでこの森に入る者はあまりいない
各国の中央に位置するため表街道を歩けない闇商人や珍しい魔物の素材で一攫千金《いっかくせんきん》を狙う冒険者たちくらいだろう
カーマ…

前回 捜索を
打ち切った
場所まで来た
ここからは
情報が少ないが
どう進む？
テューマー
そうだな…
セイヌ テイシス
魔力の残量と食糧や薬品の
ストックはどんな感じだ？
カーマ
魔力量は6割くらいね
回復薬ポーションと
魔力薬エーテルのほうは
十分な数があるわよ
セイヌ
私のほうは魔力が
7割です
テイシス
食糧のほうは約2週間
切り詰めれば
3週間くらいは
大丈夫でしょう
よし
このまま探索を
続行しよう
前回より
獲れた素材も
少ないしな
ただし

全員警戒レベルを上げてくれ
ここから先は慎重に進んだほうがいい
何かに気づいたら些細《ささい》なことでもいい
すぐに知らせてくれ
コク
ザザザ

キィ……
パァァ
よし かなり弱ってきてるぞ！
あの実は…間違いない
冒険者たちがあの実を持ち帰りその後オークションにかけられ
その時ついた値段はとある国の国家予算2割分に匹敵したと聞いたことがある
キィィイイイイイイッ！
ジャキ
キィィ
テューマー！周囲にほかの魔物の気配はないな！

今は大丈夫だが
これだけの音を
響かせ続けてるんだ
いつほかの魔物が
来てもおかしくない
急いで倒してしまった
ほうがいい！
弱点の火炎魔法
さえ使えれば…
あぁもう！
鬱陶《うっとう》しいわね！
〈ウインドカッター〉！
キン
キン
キィイイイイイイイイッ⁉
バッ
セセイヌさん⁉
果実を傷つけないように
撃って下さいよ⁉
果実がダメになったら
冗談にもなりません
からね⁉
カーマ！あの亀裂に
叩きこむぞ！
俺とセイヌが合わせる

行けぇッ!!
オオオオオオッ！
〈衝破斬《しょうはざん》〉！
ドガガガ
そこだ！
〈クイックアロー〉！
さっさと倒れなさい！
〈エアリアルバースト〉！

キィイイイイイイッ
ド
ピシィィィ
ゴ
ク……キィイ
……キ……
パカ
ド
クキッ
ガ
ザザザ
ゴロン……
やった……よな？
……あぁ
シン……
幹はボロボロだし生命力も魔力も感じられねぇ
俺たちの勝ちだ
果実には傷ひとつついてないわよ
すごい……しかも

3つ!
うわぁ…いったいいくらで売れるのか想像がつきません
なんて言ったってひとつ国家予算の2割だからね!
これ以上危険を冒《おか》す必要はない
さっさと撤退してギルドに報告しよう
そうしましょう
……ちょっと待て
へぇ? アンタいい勘してるね
!?

反応も上々　と
ここまで来れたのはマグレってわけじゃなさそうだ
こ…これは…！どういうことだ

い　忌み子…？

黒目で黒髪…
間違いねぇ
でも忌み子は
生後1年で
必ず消滅するって
言いますし
なんらかの理由で
髪を染めてる
だけかも？
どちらにしたって
この危険な森にあんな
軽装で入って来てるのよ
普通じゃないわ
ふむ
亀裂を入れて衝撃で
内部から破壊したのか…

かなりの精度と威力がないとコイツは倒せない
アンタたちは冒険者の中でも上位の人間だと見るが
当たってるかい？
…あぁ
俺たちはAランクパーティ〈遺志無き魔剣〉だ
そのジュエルツリーは今さっき倒しただがそれがどうした？
この辺りは俺の領域《テリトリー》でね
困るんだよここを荒らされるのは
その実は置いていけ
そうすりゃ生かして帰してやる
おいおい

ふざけるのも大概にしろよ？これは俺たちが命懸けで手に入れた物なんだぜ よこせと言われてはいどうぞって渡すわけがねぇだろ
そうよ！しかも生かして帰してやるって何様のつもり!? アンタはひとりだけどこっちは４人いるのよ！
ふたりの言う通りだ 俺たちがお前の要求に従う義理はない
タダで渡すことはできませんね 私たちにも生活がありますので
その実は
アンタたちにとって自分の命より大切な物なのか？
キッ

カーマ テイシス このガキがやってることは
山賊行為だ たとえ殺すことになっても
俺たちに不利に働くことはねぇ
警告はしたわよ
恨むなら適切な
状況判断ができなかった
自分を恨みなさい
できるだけ殺さないようには配慮しますね
もちろんその後は山賊として
ギルドに引き渡しますけど
はぁ・・・
選択肢《チャンス》は
やったからな
――紅き魂を持つ者よ――

――我求むは汝《なんじ》が存在《ちから》――
チッ！召喚術か！

みな詠唱中《いま》の内に攻撃するんだ！
――我が魂に寄り添いて――
こっちも詠唱に入るわ！極大《ドデカイ》のかましてやるんだから！
〈クイックアロー〉！
わかった！アイツの妨害は任せろ！
――仇《あだ》なす者を灰塵《かいじん》に帰《き》せ――

少し時間が足りなかったようだな
スゥ
何!?
すり抜けた!?
いや…違う!!
躱《かわ》された…
あの一瞬で…!!
降臨《アドヴェント》紅鷹《こうよう》姫《き》ブレイズフェルニル
オ

せ　精霊…!?

みんな下がって！
〈デス・インフェルノ〉！
その精霊には効き目が薄いかもしれないけど
術者《アンタ》はどうかしらね？

自分から喧嘩を売ってきた割には大したことなかったわね
セ セイヌさん
できるだけ殺さないようにって言ったじゃないですか
いや
俺の攻撃を簡単に避ける実力者だ
セイヌは間違っていないよ
そうだな とりあえず これ以上の面倒は御免だ 早くこの場を…
!!

木々や草花が燃えちゃった
ボロ…
遠慮する理由ないよね？
スト
しゃ喋った…？
しかも最上位火炎魔法を無効化するなんて…
上位？
…いや最上位精霊？
だからどうした？人間

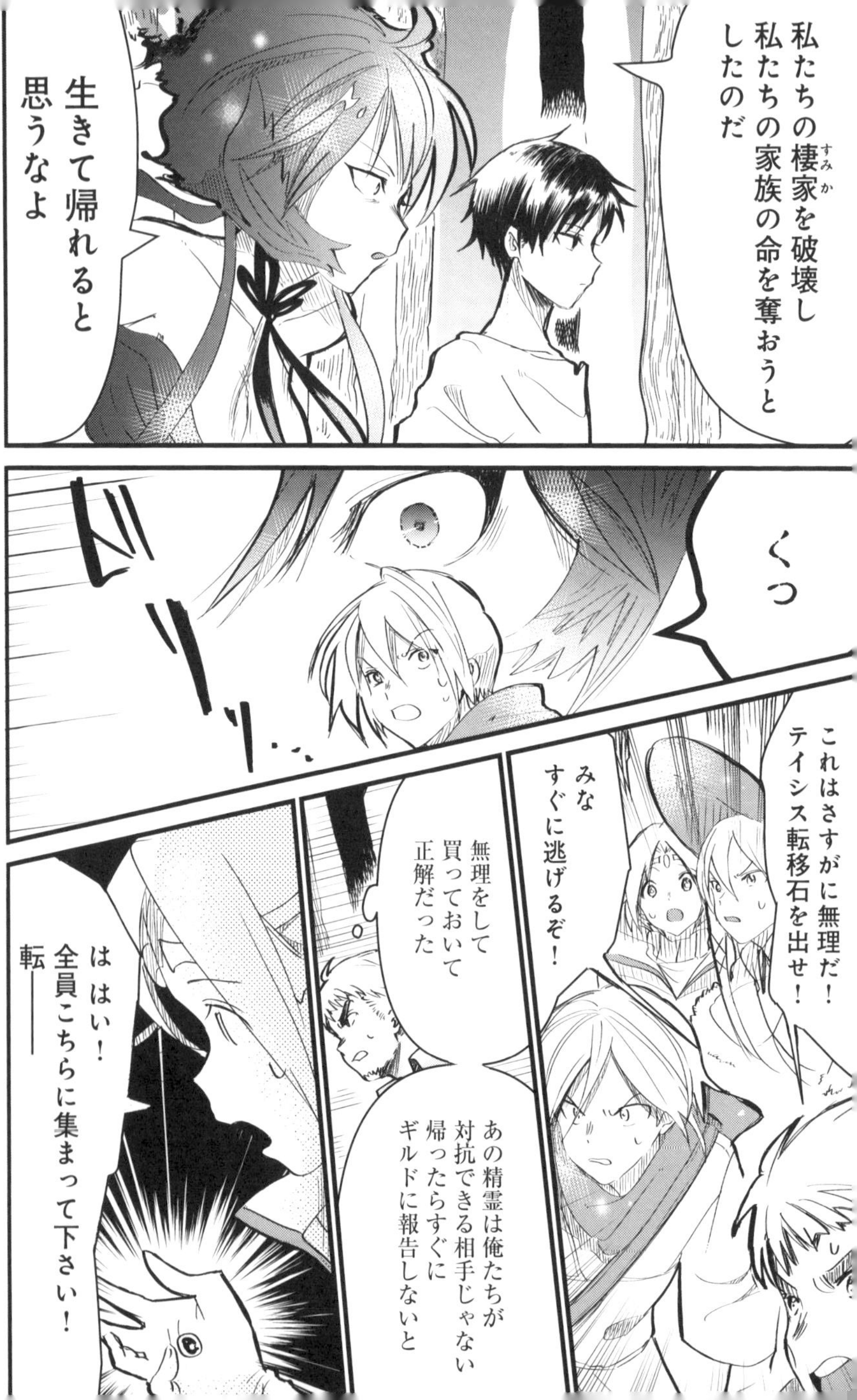
私たちの棲家《すみか》を破壊し
私たちの家族の命を奪おうとしたのだ
生きて帰れると思うなよ
くっ
これはさすがに無理だ！テイシス転移石を出せ！
みな すぐに逃げるぞ！
無理をして買っておいて正解だった
あの精霊は俺たちが対抗できる相手じゃない 帰ったらすぐにギルドに報告しないと
は はい！全員こちらに集まって下さい！
転——

え？
逃がさねぇよ

ズッ

ドパッ

ド
ズ
プ
やっぱり持ってたか
この辺りまで来るヤツらは転移石《これ》を
持ってることが多いからな
警戒してて
正解だったよ

テイシ…ス？
おおい
冗談だろ？
あ…あぁ…
随分と得意気に炎を撒き散らしてたけど生きたまま焼かれる苦しみを貴様は知っているか？
あ…
いやっ…！
その苦しみ魂の髄《ずい》まで刻みこんでやる
貴様がやったことを懺悔《ざんげ》し後悔し
そして自身で味わってから死ね

イ イヤアアアアアアアアアアアアアアアアッッ!!!
ややめっーー

抗《あらが》わなければいいものを
おおお…
ゴロン
だず…げで…ガァマだずげ…でぇ
ヴぁ…ア…
セイ…ヌ

ヒッ…
うわあああああっ！
ガッ
おいおい
情けねぇ悲鳴
あげてんじゃねぇよ
さっきまでは俺を殺す気
満々だったのに
自分が死ぬ覚悟は
できてねぇのか？
！
来るな！ 来るなァ!!

ゥ!!
バキ
離つあ
ぐえッ!?
ズ
はぐッ…
じた

キャ
ゴッ
プラン…
ゴトッ
…テューマー
…何故
みなを殺した？
セイヌや
テューマーは
戦意を喪失して
いたのに

じゃあ聞くがアンタたちはジュエルツリーが戦意を喪失していたら殺すのを止めていたか？

貴様たちはジュエルツリーの果実が目的だったのだろう？

ならばたとえジュエルツリーが戦意を無くしていたとしても攻撃を続けていた違うか？

…魔物を倒して何が悪い――

所詮この世は弱肉強食アンタたちがジュエルツリーを殺したことに文句を言うつもりはねぇよ
だったら…！

だけどな

俺たちの棲家《すみか》に被害が及ぶとなれば話は別だ
アンタたちがあの実を持ち帰れば実《それ》を求めて大勢の冒険者たちが押し寄せてくる
冒険者ってのは目的の為には手段を選ばない俺たちに被害が及ぶ可能性は十分にある
生きて帰れるチャンスはやった俺たちのほうが強かったから自分たちは死にたくない見逃せ…それは通らねぇよ
都合が悪くなると黙るのねまぁいいわ
すぐに仲間の元に送ってあげる

抵抗しないなら苦しませずに殺してあげるわ…サヨナラ
ヴィルム
残りの死体も燃やしといたわよ
あぁ
ありがとう ヒノリ姉さん

ヒノリ姉さんは先に帰ってて
送還《おく》るからさ
んふふ～♪
い・や・よ
…なんで？
最近ヴィルムと
ふたりきりになれなかった
じゃない？
ゆっくり歩きながら
帰ろうよ
お姉ちゃん
ヴィルムとのデートを
希望します
わかった

しっかりエスコートさせてもらいますよ
お姉様
やった♪ヴィルムなら
そう言ってくれると思ってたよ
ギュッ
じゃあ帰ろうか
みんなのところへ
続きは COMIC コロナ にてお楽しみ下さい!

原作小説
本好きの下剋上
司書になるためには
手段を選んでいられません
香月美夜
miya kazuki
イラスト：椎名 優
you shiina
その本のない世界で
本を愛する少女は全力を尽くす。
本を読める
世界をつくれ!

楽しい船遊びから一転、
はぇ……
……？
寝起き

忌み子と呼ばれた召喚士 3

2020年9月1日　第1刷発行

著　者　緑黄色野菜

発行者　本田武市

発行所　TOブックス
〒150-0045
東京都渋谷区神泉町18-8　松濤ハイツ2F
TEL 03-6452-5766（編集）
0120-933-772（営業フリーダイヤル）
FAX 050-3156-0508
ホームページ　http://www.tobooks.jp
メール　info@tobooks.jp

印刷・製本　中央精版印刷株式会社

ISBN978-4-86699-029-3